Susanne Kronenberg
studierte Innenarchitektur und war nach der Arbeit auf einem Trakehnergestüt als Redakteurin bei einem Fachverlag tätig. Der Umgang mit Pferden und das Schreiben waren seit jeher ihr Traum. Sie veröffentlichte Pferdesachbücher über Reitweisen und Rassen sowie mehrere Jugendbücher und Erzählungen, die in verschiedene Sprachen übersetzt wurden. Ideen für neue Pferdegeschichten entstehen durch Kontakte zu Reiterfreunden, vor allem aber bei Ausritten mit ihrem Islandwallach Rökkvi. Susanne Kronenberg ist verheiratet und lebt in Wiesbaden.

Susanne Kronenberg

Reiterhof Rote Mühle

Die fremde Reiterin

Schneider Buch

Die Deutsche Bibliothek – CIP-Einheitsaufnahme

Kronenberg, Susanne:
Reiterhof Rote Mühle / Susanne Kronenberg. – München : Egmont Schneider

Bd. 6. Die fremde Reiterin. – 2001
ISBN 3-505-11614-9

Dieses Buch wurde auf chlorfreies, umweltfreundlich hergestelltes Papier gedruckt. Es entspricht den neuen Rechtschreibregeln.

Der Schneider Verlag im Internet:
http://www.schneiderbuch.de

Schleißheimer Straße 267, 80809 München

Titelfoto: Sabine Stuewer
Umschlaggestaltung: Robert & Horst, München
Lektorat: Helga Wegener-Olbricht
Herstellung/Satz: FIBO Lichtsatz GmbH, Unterhaching
Schrift: 11˙ Souvenir
Druck: Presse-Druck, Augsburg
Bindung: Conzella Urban Meister, München-Dornach
ISBN 3-505-11614-9

01 02 / 8 7 6 5 4 3 2 1

Springstunde mit Kallisto

Dem kräftigen braunen Pony war die Freude anzusehen. Mit wachem Blick und gespitzten Ohren galoppierte es dem Hindernis entgegen und setzte in hohem Bogen darüber hinweg. Danach wandte es sich mit gleichem Eifer dem nächsten Sprung zu. Schon war es darüber. Der junge Reiter nahm sein Pony mit sanften Paraden in den Schritt zurück und strich ihm lobend über die Mähne. Er lächelte.

„Sehr gut, Moritz!“, rief ein Mann in Reitstiefeln und Steppweste, der während des Rittes zwischen den Hindernissen in der Halle umhergegangen war. Er hatte das Pony und seinen Reiter nicht aus den Augen gelassen. „Dein Kallisto ist ein echtes Springwunder“, sagte er anerkennend.

Moritz ließ die Zügel lang, damit Kallisto sich ein wenig strecken und ausruhen konnte. Das nächste Paar, ein Mädchen auf einem langbeinigen Schimmel, kam an die Reihe. Drei Reiter nahmen an dieser Springstunde teil. Kallisto war das einzige Pony, und er hatte die gleichen Sprünge zu meistern wie die beiden großen Warmblüter. Das gelang ihm mit leichtfüßigem Elan, und die wenigen Zuschauer, die sich auf der kleinen Tribüne der Vereinshalle versammelt hatten, waren begeistert von dem hübschen Pony. Dass dabei auch das Talent des Reiters zur Kenntnis genommen wurde, gefiel besonders einem der beiden Mädchen, die dicht nebeneinander auf der unteren Bank saßen und das Geschehen in der Halle aufmerksam verfolgten. Lara hatte allen Grund, stolz auf ihren Freund Moritz zu sein.

Sie stieß ihre beste Freundin Lia an, die neben ihr saß. „War doch eine gute Idee von Joscha, Moritz zur Abwechslung mal in den Unterricht von Lars König zu schicken“, flüsterte sie.

Ihr Onkel Joscha unterrichtete selbst als Reitlehrer in der Roten Mühle. Seine Liebe galt vor allem der Dressur. Deshalb hatte er seinem Schüler Moritz empfohlen, sich ab und zu von einem guten Springreitlehrer unterrichten zu lassen. Lars König ritt nicht nur sehr erfolgreich, sondern war auch ein – was wichtig war – sensibler und einfühlsamer Lehrer.

Lia lachte leise. „Hör mal! Du mit zwei Vorbildreitern um dich herum: Joscha in der Dressur und Moritz im Springen. Das müsste doch endlich mal auf deinen Reitstil abfärben!“

„He, werd nicht frech!“, zischte Lara übermütig. „Sonst musst du deine Zottelponys demnächst allein versorgen.“

Das meinte sie nicht ernst. Lara hätte es niemals übers Herz gebracht, auf die Ponys zu verzichten. Ebenso war es mit ihrer Freundin. Lara und Lia waren ein eingespieltes Team bei der Betreuung der sechs Ponys und drei Warmblüter, die in der Roten Mühle zu Hause waren. Sie erledigten alle Arbeiten gemeinsam, obwohl genau genommen vier der Ponys im Besitz von Lia und ihrer Mutter Angela waren und nur eins der fünf Lara gehörte. Das war der Welsh-Partbred-Hengst Jupiter, der Stammvater der kleinen Herde. Tatkräftig unterstützt wurden die Mädchen von Moritz, der Kallistos Einstellplatz mit praktischer Stallarbeit „bezahlte“. Die drei Großpferde waren Pensionsgäste.

Im Augenblick hielten sich die Mädchen allerdings nicht in der neuen Reithalle der Roten Mühle auf, sie befanden sich auf der Anlage des Reitvereins. Der Schimmel hatte sich den Anweisungen seiner jungen Reiterin, die mit kurzen Bügeln im leichten Sitz ritt, gefügt und war folgsam einige Runden auf dem Zirkel galoppiert. Doch als sie das erste Hindernis ansteuerte, stemmte er die Vorderbeine in den Boden und kam eine halbe Pferdelänge vor den Stangen abrupt zum Stehen. Das Mädchen rutschte auf den Pferdehals. Brav gab der Schimmel ihr die Gelegenheit, sich wieder zurechtzusetzen. Das Mädchen war blass geworden.

Lars König lächelte ihr aufmunternd zu und klopfte dem Schimmel den Hals. „Sei deinem Pferd nicht böse. Eigentlich hat er genau deinen Wunsch erfüllt. Du wolltest gar nicht springen, stimmt's?“

Das Mädchen nickte zaghaft und sagte so leise, dass Lara es kaum verstand: „Herr Bente hat meinen Eltern fest versprochen, dass wir beim nächsten Turnier dabei sind. Aber ich traue mich nicht. Mir wird ganz schlecht, wenn ich diese Sprünge nur sehe.“

Auch Lia hatte genau hingehört. „Der Bente quält alle und jeden“, murmelte sie ärgerlich.

Lara nickte. Walter Bente war vom Verein als Reitlehrer angestellt worden. Viele Schüler fürchteten ihn wegen seiner groben Art, aber er besaß einflussreiche Freunde im Vorstand, die ihm die Stellung sicherten. Zur Zeit machte er Urlaub in den Bergen, und Lars König, der als Bereiter in einem privaten Springstall arbeitete, hatte als sein Vertreter einen Teil der Reitstunden übernommen.

„Reiten soll vor allem Spaß machen“, sagte der junge Reitlehrer jetzt. „Und zwar beiden, Pferd und Reiter.

Meinst du nicht auch? Wenn du nicht springen willst, dann solltest du es auch nicht tun. Niemand kann dich dazu zwingen."

Der Schimmel schnaubte und senkte den langen Kopf herab, um sich mit leisem Brummeln die Nase am Vorderbein zu reiben. Seine Reiterin, die die Zügel nun locker in der Hand hielt, schüttelte unglücklich den Kopf. „Aber Blue Dancer ist ein Springpferd, und meine Eltern haben ihn extra gekauft, damit ich Springturniere reiten kann."

„Wie lange hast du ihn?", fragte Lars.

„Schon ein Vierteljahr", sagte das Mädchen kläglich.

Gleich heult sie los, dachte Lara verächtlich. Schlappschwanz. Warum wehrt sie sich nicht?

Lars sprach ihr Mut zu. „Drei Monate bedeuten gar nichts. Wenn wir Reiter und Pferde ausbilden, rechnen wir in Jahren, nicht in Monaten. Die Turniere laufen dir nicht weg. Lass dir Zeit. Im nächsten Jahr wird vieles anders aussehen. Wer weiß, vielleicht hast du bis dahin richtig Spaß am Springen bekommen? Geh es mit Gelassenheit an."

„Dann muss ich heute nicht springen?" Das Mädchen atmete erleichtert auf, doch leise fügte sie hinzu: „Meine Eltern werden das nicht verstehen."

Lars König versprach, mit ihren Eltern zu reden. Dann schlug er ihr vor, noch einige Zirkelrunden im leichten Sitz zu galoppieren.

„Dein Sitz sieht gut aus", lobte er. „Versuch bitte vier oder fünf Galoppsprünge zuzulegen und danach das Tempo wieder einzufangen."

Wenn sie diese Vorbereitungen zum Springen in den nächsten Wochen üben würde, erklärte er zuversichtlich, könnte sie sich bald so sicher fühlen, dass sie vielleicht sogar gern einen kleinen Sprung wagen würde. Natürlich nur, wenn sie wirklich wollte.

Während das Mädchen auf dem Zirkel ritt, lenkte Moritz seinen Kallisto zur Tribüne hinüber. Er nahm den Helm ab und fuhr sich mit den Fingern durch die hellblonden, störrischen Haare. „Lars macht das super", sagte er anerkennend. Er nimmt jedem die Angst."

„Du wirst Joscha doch nicht untreu werden?", sagte Lia.

Moritz lachte. „Joscha ist und bleibt einsame Spitze, das ist doch klar. Aber es war seine Idee, dass ich zu Lars in den Unterricht gehe, damit ich neue Erfahrungen sammle. Er kann gut mit einer Konkurrenz leben. Im Gegensatz zu anderen."

Damit spielte er auf Walter Bente an. Je mehr Erfolg Joscha mit seinen Dressurkursen hatte, zu denen Reiter aus ganz Deutschland mit eigenen Pferden in die Rote Mühle reisten, desto schlechtere Stimmung verbreitete Walter Bente. Nun war mit Lars König ein weiteres Feindbild dazugekommen; eine neue gefährliche Konkurrenz. Außerdem hatte der junge Reitlehrer noch mehr zu bieten als nur hervorragenden Unterricht. Er war halb so alt wie der ewig mürrische Bente und war mit seinem offenen, herzlichen Wesen bei allen beliebt.

„Was ist in Birgit gefahren?", fragte Lia verwundert, als sie zur Treppe hinüberblickte. Auch Moritz und Lara wandten sich zu der jungen Frau um, die von der oberen Stufe aus verträumt in die Halle schaute. Birgit war, wie es zu ihrer Arbeit als Pferdepflegerin im Vereinsstall passte, zweckmäßig angezogen so wie immer, aber heute schienen alle ihre Sachen neu zu sein und waren sorgfältig aufeinander abgestimmt: blaue Jeans, dazu ein taubenblaues

Sweatshirt und darüber eine hellblaue Steppweste. Sie hatte sich sogar ein gemustertes Seidentuch um den Hals geschlungen, und an jedem Ohrläppchen hing ein silbernes Pferdchen. Das alles wäre den drei Freunden vielleicht nicht so aufgefallen, wenn an ihrer Aufmachung nicht etwas Entscheidendes gefehlt hätte: die Baseballkappe, immer mit einem Pferdemotiv, ohne die Birgit sonst nicht aus dem Haus ging. Heute verdeckte nichts die langen dunklen Haare, die zu einem festen Zopf geflochten waren.

„Sie hat sich sogar geschminkt", stellte Lia kichernd fest und deutete verstohlen auf Lars. „Alles für ihn, jede Wette!"

„Warum auch nicht?", sagte Moritz mit seinem leichten Lächeln und nahm die Zügel auf, um den Hufschlag für den dritten Reiter freizugeben. Der Mann ritt einen jungen, für sein Temperament bekannten Rappen. Der raste jetzt ungestüm auf die Sprünge zu und riss die Stangen herunter.

„Lars! Ich helfe dir beim Aufbauen!", rief Birgit und wartete seine Antwort nicht ab.

Der Reiter hatte alle Mühe, sein galoppierendes Pferd unter Kontrolle zu bekommen. Schließlich lenkte er es in eine Ecke. Bei dem unvermeidbaren Stopp wäre er beinahe aus dem Sattel gefallen. Als der Rappe kehrtmachte und weiterjagte, gaben die Leute auf der Tribüne besorgte Kommentare ab. Lars brachte den Reiter durch geschickte Anweisungen schließlich dazu, sein Pferd auf dem Zirkel besser an die Hilfen zu stellen. Allmählich wurde das Paar sich wieder einig.

Einem Mädchen unter den Zuschauern gefiel die Vorstellung nicht. Sie machte gehässige Bemerkungen. „Der arme Lars! Da hat er ja ein tolles Team beisammen. Ein Reiter schlimmer als der andere!"

Ganz schön unverschämt, dachte Lara und sah sich neugierig nach dem Mädchen um. Die stand genau hinter ihr. Mit ihrer verkniffenen Miene hätte sie gut zu Bente gepasst. Sie war groß und stämmig und hatte etwas Verbissenes an sich. Oder auch Trauriges, Enttäuschtes. Lara war sich nicht sicher.

Auch Lia hatte sich umgewandt. „Wir sind hier nicht beim Springchampionat! Ziemlich gemein, über ein junges Pferd herzuziehen und sich über jemanden lustig zu machen, der Angst hat."

„Moritz ist außerdem wirklich gut geritten", fügte Lara hinzu.

„Meinst du den Jungen auf dem Pony?", sagte das Mädchen schnippisch. „Der soll reiten können? Der hat ja nicht einmal ein richtiges Pferd!"

Lia war aufgesprungen und funkelte das Mädchen wütend an, am liebsten hätte sie sie zurückgestoßen. Lara war viel zu verblüfft, um wirklich wütend zu sein. Langsam stand sie auf und sah das Mädchen an. Jetzt schien sie gar nicht mehr so groß. Sie überragte Lara um einen halben Kopf, stand aber auch eine Stufe höher. Die Haare trug sie auf Kinnlänge geschnitten, ihr rundliches Gesicht wirkte genervt und missmutig.

„Was ist für dich ein richtiges Pferd?", fragte Lara frostig.

Das Mädchen sah sie überheblich an. „Na, ein Pferd wie meine Sternschnuppe, zum Beispiel. Eine edle Trakehnerstute. Die kann springen! Dagegen sind alle anderen Pferde hier die reinsten Ackergäule!"

„Was du nicht sagst!", schnurrte Lia so süßlich, wie sie

es nur im größten Zorn zustande brachte. „Und warum hast du dein edles Tier nicht mitgebracht, damit wir endlich einmal sehen können, wie ein richtiges Pferd springt?"

Damit hatte das Mädchen nicht gerechnet. „Weil sie ... na ja, sie hat sich verletzt ... ein Ballentritt", stotterte sie, fasste sich aber schnell und fügte großspurig hinzu: „Das ist der Pferdepflegerin beim Longieren passiert. Ich selbst hätte natürlich besser aufgepasst."

„Ach, der Pferdepflegerin ist es passiert", wiederholte Lia und gab die gepresste Stimme des Mädchens so treffend wieder, dass Lara heimlich lachen musste. Humor war wohl die beste Reaktion auf diesen Streit, der aus dem Nichts entstanden war.

„Auf das Personal ist heute kein Verlass mehr", fügte Lia mit hoher Stimme hinzu und schüttelte tadelnd den Kopf. Dem Mädchen hatte sie jedenfalls Eindruck gemacht. Sie starrte Lia unsicher an und wollte etwas sagen. Eine Frau von einer der oberen Reihen rief ihr zu: „Mirja, kommst du bitte? Wir müssen gehen."

Die Stimme kam Lara bekannt vor, und auch Lia glaubte sie zu kennen. Sie warf der Frau einen erstaunten Blick zu.

„Ja, Mama!", rief das Mädchen und ging steif und mit hoch erhobenem Kopf die Stufen hinauf. Die Frau war schon durch den oberen Ausgang verschwunden, aber die Mädchen hätte sie eigentlich noch erkennen können.

Lia schüttelte ungläubig den Kopf. „Ich fasse es nicht! Wie kann ausgerechnet Mandy eine so grässliche Tochter haben?"

Claudia Mende, genannt Mandy, unterrichtete Sport und Deutsch und war ohne Zweifel eine der beliebtesten Lehrerinnen an ihrer Schule. Leider gehörten Lia und

Lara nicht zu ihren Schülerinnen. Von ihrer Tochter, die auf eine andere Schule ging, hatte Lara bisher nur gewusst, dass sie in einem Privatstall Reitunterricht nahm. Missmutig setzten sich die Mädchen auf eine Bank.

„Hoffentlich hat Mandy nichts von dem blöden Streit mitgekriegt“, sagte Lia düster. „Ich soll mich morgen bei ihr melden!“

Lia hatte zufällig erfahren, dass die Lehrerin an ihrer früheren Schule eine Theater-AG geleitet hatte, und wollte nun alles daransetzen, Mandy wieder für eine solche Aktion zu gewinnen. Unter den Mitschülern hatte Lia bereits eifrig Werbung gemacht und einige zum Mitmachen überreden können.

Nur Lara nicht. Die hatte keine Lust. „Eine Schauspielerin in der Familie reicht“, hatte sie erklärt. Ihre Mutter Charlotte, Theaterschauspielerin und Star einer Fernsehserie, war Lias großes Vorbild. Eine Theater-AG zu gründen war Charlottes Vorschlag gewesen. Es gäbe nichts Besseres, als dort erste Erfahrungen zu sammeln, fand sie.

Lara kam ein Gedanke. „Stell dir vor, diese Mirja will auch Theater spielen! Sie geht zwar nicht auf unsere Schule, aber wenn ihre Mutter die AG leitet ... Dann gute Nacht!“

Lia verzog genervt das Gesicht. „Bloß das nicht! Aber wenn doch – das muss man aushalten! Charlotte hat mir erzählt, dass sie einmal die Frau eines Mannes spielen musste, den sie auf den Tod nicht ausstehen konnte. Echte Theaterprofis kann eben nichts erschüttern.“

Mit grimmiger Entschlossenheit schaute sie in die Halle, wo Moritz erneut einen Sprung anritt. Kallisto war so eifrig wie in den vorigen Runden. Er ist zwar nur knapp anderthalb Meter hoch, aber trotzdem nicht nur ein kleines Pony, sondern ein richtiges Pferd, dachte Lara stolz. Mirja musste blind oder total ahnungslos sein, wenn sie Kallistos Talent nicht erkannte – oder sie war einfach nur neidisch. Lara hatte keine Lust, noch länger darüber nachzudenken, sie wollte die unangenehme Begegnung schnell vergessen.

Lars beendete die Springstunde mit der Aufforderung, die Pferde noch für zehn Minuten am langen Zügel im Schritt entspannen zu lassen. Kallisto streckte sich und schnaubte mehrmals. Dabei marschierte er aufmerksam, aber gelassen und zufrieden kreuz und quer durch die Halle. Auch der Rappe hatte sich beruhigt und umrundete die Hindernisse jetzt ohne eine Spur von Nervosität. Die Reiterin des Schimmels war abgesessen und unterhielt sich mit Lars, der inzwischen mit Birgits Hilfe die Stangen fortgetragen hatte.

Lara winkte Moritz zu und stand auf. Sie wollte gern die Vereinspferde ansehen, und Lia schloss sich ihr an. Die Boxen lagen in einer langen Reihe rechts und links der Stallgasse, und der Rundgang der Mädchen wurde von wachen Pferdeaugen verfolgt. Hier im Stall des Reitvereins standen die Pferde meistens Tag und Nacht drinnen. Der Verein besaß keine Weideflächen, und nur wenige Mitglieder hatten selbst ein Stück Land gepachtet, damit ihre Pferde wenigstens für ein paar Stunden täglich ins Freie kamen. Lara fand es traurig, dass sich hier kaum jemand Gedanken um so elementare Bedürfnisse der Tiere machte. Pferde waren von ihrer Natur her Lauftiere, die es liebten, den ganzen Tag lang über eine Weide zu schlendern und Gras zu rupfen. Dazwischen blieb Zeit zum Spielen und Mähnekraulen mit einem Weidekameraden. Zu bestimmten Zeiten zog sich die Gruppe an einen geschützten Ort zurück, um mit hängendem Kopf im Stehen zu dösen oder, lang im Gras ausgestreckt, einige Zeit fest zu schlafen. In der Roten Mühle lebten die Ponys das ganze Jahr über draußen, sie hatten aber die Möglichkeit, jederzeit unter dem Dach oder, wenn ihnen das genügte, unter einer Baumgruppe Schutz zu suchen. Das nutzten sie meistens im Sommer, wenn es heiß war. Bei strömendem Herbstregen dagegen grasten sie oft wenig beeindruckt von dem schlechten Wetter.

Von den Warmblütern teilte nur Darius, der mächtige Fuchswallach, dieses ungebundene Leben. Die Stuten Rapunzel und Schneewittchen, die über zwanzig Jahre alt waren, verbrachten die Nächte im Stall, damit sie ungestört ihr Zusatzfutter fressen und sich ausruhen konnten.

Lara und Lia spähten von einer Box in die andere und streichelten durch die Gitterstäbe hindurch die Pferdenasen, die sich ihnen entgegenstreckten. Endlich hatten sie ihre Runde beendet. Moritz führte Kallisto auf die Stallgasse. Sein strahlendes Gesicht sagte alles: Er war zufrieden mit sich und stolz auf sein Pony. Lara hielt ihm das Tor auf.

Im Hof stieg Moritz wieder auf. „Bis nachher!“, rief er fröhlich und ritt los. Er würde für den Weg zur Roten Mühle, der durch ein Wohngebiet führte, etwa zwanzig Minuten brauchen. Lara und Lia hätten ihn mit ihren Fahrrädern rasch eingeholt. So blieb ihnen noch Zeit für einen Schwatz mit Birgit, falls die sich einmal für ein paar Minuten von Lars trennen konnte.

Doch der junge Reitlehrer war offenbar schon gegangen. Birgit war allein in der Futterkammer und bereitete das Abendfutter vor. Sie stand vor der Haferkiste und ließ die Flüssigkeit aus einem Medikamentenfläschchen in eine

Futterschüssel tropfen. Als sie die Mädchen bemerkte, wandte sie sich mit einem Lächeln um. Dabei gerieten die Silberpferdchen an den Ohrläppchen in Bewegung. Dass Birgits grüne Augen funkelten, lag bestimmt nicht allein an dem Lidschatten.

„Du siehst aus, als würde es dir richtig gut gehen“, sagte Lia mit ehrlicher Bewunderung.

Birgit nickte. „Einerseits ja, andererseits nein“, antwortete sie vieldeutig.

Das sollte sie genauer erklären, forderte Lara.

Birgit schraubte das Fläschchen zu und stellte es in den Schrank neben der Haferkiste. „Na ja, seit Lars und ich ... ihr habt's vielleicht mitgekriegt? Wir verstehen uns total gut, und ich habe wirklich Grund, happy zu sein.“

„Aber es gibt etwas, das dich nervt?“, wollte Lara wissen. Obwohl sie sich selten trafen und Birgit zehn Jahre älter war, waren Lara und Lia gut mit ihr befreundet.

Und Birgit wusste, dass sie sich auf die beiden Mädchen verlassen konnte. Jetzt trat sie rasch vor, zog die Tür zu und erzählte flüsternd, was sie bedrückte. „Der Gedanke, dass ich demnächst wieder Tag für Tag mit Walter Bente zusammenarbeiten muss, macht mich fertig. Seit Lars hier ist, hat sich die Stimmung im Stall ganz verändert. Die Leute sind viel ruhiger geworden. In den Reitstunden wird sogar gelacht. Wenn Bente das hört, wird er vor Wut platzen!“ Sie sah die beiden gequält an. Alle wussten: Für den unbeliebten Reitlehrer war das Reiten eine zu ernste Angelegenheit, um sich auch nur mal ein Lächeln zu erlauben. Wie hatte Lars vorhin gesagt?, überlegte Lara. Reiten soll Spaß machen! Was bestimmt nicht heißen sollte, dass man deswegen leichtfertig mit dem Pferd umgehen durfte.

„Behaltet es bitte für euch", sagte Birgit verschwörerisch und mit einem wachsamen Blick zur Tür. „Ich möchte die Stelle wechseln. Ein gutes Angebot habe ich, aber solange der Vertrag nicht unterschrieben ist, soll es nicht bekannt werden."

„Schade, dass du fortgehen willst", flüsterte Lara. „Die Pferde hier werden dich vermissen. Und wir auch."

„Glaubt mir, es fällt mir nicht leicht", versicherte Birgit. „Trotz all des Ärgers, den ich wegen Bente habe. Mit den meisten Leuten hier komme ich gut aus. Aber im neuen Stall sind die Bedingungen viel besser, auch für die Pferde. Sie kommen regelmäßig auf die Weide, und es wird alles getan, damit sie sich wohl fühlen. Dann macht auch die Arbeit mehr Spaß. Die Stallbesitzer sind sehr nett. Es ist ein kleiner privater Springstall."

Lia lächelte. „So, so, ein Springstall! Kann es sein, dass Lars etwas damit zu tun hat?"

Birgit nickte und zupfte an den Silberpferdchen in ihren Ohren. „Er arbeitet dort! Aber versprecht mir: kein Wort zu irgendjemandem! Noch nicht."

„Auch nicht zu Moritz und Joscha?", fragte Lara vorsichtig.

„Die beiden können es natürlich wissen", sagte Birgit. „Joscha wollte ich sowieso um Rat fragen, bevor ich den Vertrag unterschreibe. Er kennt sich mit solchen Dingen gut aus."

Die Tür wurde geöffnet. Der Besitzer des Rappen übergab Birgit einen Eimer mit Mineralfutter und hatte ein paar Fragen zur Fütterung. Bevor Birgit in ein längeres Gespräch verwickelt wurde, verabschiedeten sich die Mädchen und machten sich auf den Heimweg.

Eine Stunde später hatten die Freundinnen den jungen

Ponywallach Ganymed, der sein gebrochenes Fesselgelenk auskurieren musste, in der Box geputzt und mit Futter versorgt und außerdem die Stuten Rapunzel und Schneewittchen von der Weide geholt und für die Nacht in den Stall geführt. Anders als im Reitverein waren die Boxen in der Roten Mühle nicht vergittert, sondern wurden durch niedrige Mauern abgetrennt. Die Pferde hatten draußen Gelegenheit, ihre Rangfolge untereinander auszumachen, und deshalb keinen Grund, sich über die Abtrennung hinweg zu beißen.

„Diese Mirja ist ein blödes Stück“, sagte Lia erbost. Sie lehnte mit den Ellenbogen auf der Mauer zu Rapunzels Box und tippte ärgerlich mit der Fußspitze gegen die Wand.

Moritz war kurz nach den Mädchen in der Roten Mühle angekommen und hatte inzwischen Kallisto abgesattelt und wieder auf die Weide entlassen. Ohne den Blick von Rapunzel abzuwenden, sagte er gutmütig: „Warum regst du dich auf? Das Mädchen kann dir doch egal sein.“

Lia stampfte ungeduldig mit dem Fuß auf. „Das kann nur jemand sagen, der sie nicht erlebt hat! Die ist total eingebildet!“

Lara hatte dem Gespräch nur halb zugehört. Sie stand in einer Ecke der Box und hielt der Stute den Futtereimer vor die Nase. Rapunzel nahm zögernd etwas von dem eingeweichten Brei und kaute unlustig darauf herum. Nebenan hatte Schneewittchen ihre Portion längst verputzt und knabberte emsig am Heu. Wenn man von dem leichten Senkrücken und den tiefen Höhlen über den Augen absah – Zeichen ihres hohen Alters –, wirkte Schneewittchen ganz gesund. Ihr weißes, mit zahllosen braunen Pünktchen übersätes Fell glänzte, und die dunklen Augen schimmerten sanft. Ihrer Freundin Rapunzel ging es nicht so gut. Das schwarze Fell war stumpf und struppig, und die trüben Augen im altersgrauen Gesicht der Stute ließen sie erschreckend elend aussehen. Bis vor kurzem war sie genauso munter gewesen wie Schneewittchen. Doch nun waren ihre Flanken eingefallen, und die Rippen standen hervor. Kein Wunder, dass sie so mager war. Sie verschmähte das Heu und lehnte sogar das Kraftfutter ab, von dem sie früher kein bisschen übrig gelassen hatte. Es war eine spezielle Mischung für alte Pferde mit schlechten Zähnen. Neuerdings weichten die Mädchen das Futter sogar ein, damit Rapunzel leichter kauen konnte. Doch es half nichts. Wie ein krankes Kind musste sie zu jedem Bissen überredet werden. Sonst starrte sie teilnahmslos ins Leere und fraß nicht.

Lara nahm eine Hand voll Futter aus dem Eimer und hielt es der Stute vor die Nase. „Komm, Rapunzel, du musst essen! Du darfst nicht noch dünner werden! Hier, gutes Futter!"

Rapunzel wandte den Kopf ab. Lara stellte den Eimer in die Krippe und betrachtete die Rappstute besorgt.

„Etwas hat sie immerhin gefuttert", sagte Lia tröstend.

Lara schüttelte unglücklich den Kopf. „Die zwei Happen? Das ist viel zu wenig! Sie ist krank, Lia. Es geht ihr schlecht."

Schneewittchen hatte sich am Heu satt gefressen. Erwartungsvoll schob sie den Kopf über die Trennwand und stupste Moritz mit dem Maul an. Sie liebte es, hinter den Ohren gekrault zu werden, und dies war ihre Art, das zu äußern. Als Moritz ihr den Gefallen tat, machte sie den Hals lang und schloss genießerisch die Augen.

„Wo steckt eigentlich Marion Weber?", fragte Moritz,

ohne die Hand von Schneewittchens Genick zu nehmen. „Will sie gar nicht mal nach ihren Pferden sehen? Sie könnte wenigstens nachfragen, wie es ihnen geht."

Lara schnalzte ärgerlich mit der Zunge. „Rapunzel und Schneewittchen sind ihr nur eine Last. Sie hat sich bei meinem Vater darüber beklagt, dass sie sie geerbt hat. Wenn sie geahnt hätte, dass die beiden so alt werden, hätte sie sie nicht von ihren Eltern übernommen."

„Das hat sie gesagt?" Lia stemmte empört die Hände in die Hüften. „Wie kann man so gemein sein und zwei so liebe Pferde nicht haben wollen? Was heißt hier Last? Geld hat sie doch genug, und die Arbeit machen sowieso wir!"

Marion Weber hatte sich die Pferde tatsächlich nicht selbst ausgesucht. Die Stuten waren eine Hinterlassenschaft der Eltern, die zu ihrem Sohn nach Amerika gezogen waren. Trotzdem hat Lia Recht, überlegte Lara. Der Betrag, den Marion monatlich überwies, tat ihr bestimmt nicht weh. Schließlich gab sie oft genug damit an, wie erfolgreich sie als Geschäftsfrau war, und um die Betreuung der Stuten musste sie sich gar nicht kümmern. Sie brauchte nicht mehr zu tun, als ab und zu einen Sack Spezialfutter vorbeizubringen. Und auch das konnte der Reiterhof Rote Mühle übernehmen. Diese Gelegenheit nutzte sie allerdings immer zu einem Besuch bei Laras Vater Jakob. Jedes Mal brachte sie ihm etwas mit, eine Flasche Wein oder, seit sie wusste, dass er gern Süßigkeiten aß, Blechkuchen, Sahnetorte oder Pralinen. Dafür ließ sie sich zu einer Tasse Kaffee in die Werkstatt einladen. Sonst erlaubte Jakob, der als Erfinder komplizierte technische Apparate entwickelte, keine Störungen bei seiner Arbeit, aber gegen Marions Besuche hatte er nichts einzuwenden. Er könnte sie schließlich nicht rauswerfen, verteidigte er sich unschuldig, wenn er ihretwegen von seinem Bruder Joscha geneckt wurde. Er fände sie nett, nicht mehr, sagte er. Lara jedoch konnte Frau Weber nicht ausstehen. Sie war froh, wenn sie sich länger nicht blicken ließ.

„Marion ist auf einer Geschäftsreise“, erklärte sie jetzt. „Meinetwegen kann sie für Wochen wegbleiben.“

Moritz hatte jetzt keine Lust mehr, Schneewittchens Ohren zu massieren, doch sobald er die Hand fortzog, stieß die Stute ihn an und hörte nicht auf, bis er lachte und das Kraulen fortsetzte.

„Da kriegt man ja einen lahmen Arm“, sagte er und fügte nach kurzer Pause hinzu: „Sonja weiß vielleicht, wie wir Rapunzel helfen können. Kommt sie heute noch?“

Lara nickte und warf einen Blick auf ihre Uhr. Die junge Tierärztin war für den Abend mit Joscha verabredet, aber sie konnte ihren Dienstschluss nie genau planen. Wegen eines Notfalls hatte sie oft kurzfristig absagen müssen. Joscha hatte Verständnis dafür, dass er seine freie Zeit allein verbringen musste. Wer eine Tierärztin als Lebensgefährtin hat, so hatte er Lara einmal erklärt, muss akzeptieren, dass die gemeinsame Zeit knapp bemessen ist. Als Reitlehrer arbeitete auch er abends und am Wochenende. Lara fand es wunderbar, dass sich ihr Onkel und Sonja so gut verstanden. Nicht nur deswegen, weil Sonja ausgesprochen nett war; Lara durfte sie jederzeit wegen der Pferde um Rat fragen.

An diesem Abend musste Sonja keine Nachtschicht einlegen. Ein tiefes raues Bellen von Fina kündigte sie an. In dieser Stimmlage begrüßte die große Hündin nur Familienmitglieder. Gleich darauf erschien Sonja, begleitet von Fina, auf der Stallgasse. Bei Finas Größe konnte man, ohne sich herunterzubeugen, die Finger im schiefergrauen

Fell der Hündin vergraben. Begeistert von der Liebkosung, stemmte sich Fina fest gegen Sonjas Hüfte. Die junge Frau kraulte der Hündin den Nacken, bis sie sie mit einem Lächeln sanft von sich schob. Fina ließ ein aufforderndes Grunzen hören, trottete aber, als Sonja nicht darauf einging, zum Ende der Stallgasse und ließ sich dort auf einem Strohhaufen nieder. Die Ärztin begrüßte Lia und Moritz und trat zu Lara in Rapunzels Box. Die Stute hob nicht einmal den Kopf.

„Ich mache mir ernsthaft Sorgen", sagte die junge Tierärztin nachdenklich. „Rapunzel sieht jeden Tag schlechter aus."

„Was können wir tun, damit es ihr besser geht?", fragte Lara bedrückt.

Sonja winkte sie auf die Stallgasse hinaus. „Ich möchte etwas mit euch besprechen." Sie besaß die seltene Gabe, auch in schlimmen Situationen noch Ruhe und Hoffnung auszustrahlen, aber in diesem Augenblick wirkte auch sie besorgt. Sie rückte ihre kleine Hornbrille gerade und sah ernst von einem zum anderen. „Es tut mir Leid, dass ich euch das sagen muss. Ihr wisst, wie alt Rapunzel ist, und ich glaube, es geht zu Ende mit ihr."

Lara spürte einen Kloß im Hals. Rapunzel war fünfundzwanzig; ein hohes Alter, aber Joscha hatte ihnen von Pferden erzählt, die über dreißig Jahre alt wurden. Lara hatte fest damit gerechnet, dass die beiden Stuten noch längere Zeit bei ihnen bleiben würden. Den Gedanken an den Tod hatte sie stets beiseite geschoben. Auch Jupiter hatte ja die Zwanzig bereits überschritten.

Auch Lia war erschrocken. Aufgeregt, mit hoher Stimme, sagte sie: „Sie ist genauso alt wie Schneewittchen! Und Schneewittchen ist putzmunter!"

Sonja nickte mitfühlend. „Ich weiß, wie schwer es ist, Tatsachen wie diese hinzunehmen. Aber wir müssen uns damit abfinden. Wenn es euch ein Trost ist, denkt daran, wie viele Pferde nicht einmal zehn Jahre alt werden dürfen und in viel jüngerem Alter eingeschläfert werden, weil ihre Beine, der Rücken oder die Lunge das Reiten nicht mehr aushalten. Überforderte, ausgebeutete, überanstrengte Pferde. Es gibt wenige Tiere, die so friedlich altern dürfen wie Rapunzel."

Lia presste die Lippen aufeinander, sie kämpfte mit den Tränen. Moritz starrte stumm auf den Boden und kratzte mit den Stiefelspitzen ein paar Heuhalme zusammen. Lara schaute sich nach Rapunzel um, die unbeweglich dastand und mit tief gesenktem Kopf döste. Sie hielt die Augen halb geschlossen, und ihre hängende Unterlippe zitterte kraftlos. Sonjas Worte fuhren wie ein Sturmwind durch Laras Kopf. Sie räusperte sich hart, weil sie ihrer Stimme nicht traute. Endlich fragte sie, wie lange es wohl noch dauern würde; wie viel Zeit die alte Stute noch hatte.

Darauf konnte Sonja keine Antwort geben. „Ein paar Tage, vielleicht ein oder zwei Wochen – ich weiß es nicht, Kinder." Hilflos hob sie die Schultern.

Moritz sah sie an. „Aber sie soll sich nicht quälen, Sonja." Seine Stimme war ungewohnt heiser.

Sonja versprach es ihm. Sobald Rapunzel Schmerzen bekommen oder Angstzustände haben würde, wollte sie ihr Leiden durch eine Spritze beenden. Sie ging hinaus zum Jeep, um ein Vitaminpräparat zu holen. Vielleicht würde das Mittel Rapunzel noch ein wenig helfen.

Falscher Alarm

Nur Rapunzel, Schneewittchen und der Ponypatient Ganymed übernachteten zur Zeit im Stall. Die anderen Pferde verbrachten die Nächte auf den Wiesen am Mühlbach. Die Weidefläche war unterteilt, denn die Pferde lebten hier in drei kleinen Herden. Eine Gruppe bestand aus der Welshpony-Stute Stella mit ihrem Hengstfohlen Sol, ihrer halbwüchsigen Tochter Io und dem früheren Springpferd Darius, der zwar beinahe doppelt so viel wog wie die zierliche Stella, sie aber als Leitstute bereitwillig anerkannte. Die zweite Gruppe wurde vom Welsh-Partbred-Hengst Jupiter und seinem Sohn Kallisto gebildet. Das andere Paar waren die beiden Stuten. Lia fragte sich oft, was die Tiere die Nacht über so machten – ob sie die ganze Zeit im Gras lagen und schliefen oder wie am Tag weidend umherzogen und zwischendurch spielten und dösten. Wenn Lara und sie am frühen Morgen gemeinsam zur Weide kamen, grasten die Pferde meistens in der Nähe des Ufers. An kühlen Herbstmorgen, wenn der Nebel über dem Mühlbach hing, waren sie von weitem nur als schemenhafte Schatten zu sehen, verschwommene dunkle Gestalten, deren Umrisse mit jedem Schritt deutlicher wurden, den sie näher kamen, bis sie dann als Jupiter, Kallisto oder Stella zu erkennen waren.

An diesem frühen Sommermorgen jedoch strahlte die Sonne vom blauen Himmel. Lia hielt sich die Hand vor den Mund, als sie neben Lara über die Weide schlenderte. Ihr Gähnen war ansteckend, auch Lara gähnte ausgiebig. Doch beide wären niemals auf den Gedanken gekommen, ihre Mitschüler zu beneiden, die eine oder zwei Stunden länger schlafen konnten als sie. Was gab es Schöneres, als sich morgens von neugierigen Ponys begrüßen zu lassen?

Trotzdem waren sie heute zuerst zum Stall gegangen. Sie hatten sich kaum getraut, in Rapunzels Box zu schauen. Doch die Stute schien die Nacht gut überstanden zu haben. Sie wandte leicht den Kopf, als Lara sanft ihren Namen rief, und aus ihrem Maul ragte ein Heubüschel. Lara fiel ein Stein vom Herzen, und auch Lia war zutiefst erleichtert. Vielleicht beurteilte Sonja Rapunzels Zustand doch als zu düster. Lara fand, die Stute war heute Morgen munterer als am Abend zuvor.

Nachdem sie sich überzeugt hatten, dass auch mit Schneewittchen und Ganymed alles in Ordnung war, gingen sie zur Weide hinaus.

Kallisto hob den Kopf und blubberte erfreut, als er die Mädchen sah. Lara klopfte ihm den Hals und trat an Jupiter heran, der ihr wie immer ein Stück entgegengekommen war; aber er erwartete, dass sie die letzten Schritte auf ihn zumachte. Diesen Respekt erwies Lara ihm gern. Noch immer war er ein beeindruckender Ponyhengst; das Alter konnte seine Ausstrahlung nicht mindern. Sie schob die Hand unter seine dichte schwarze Mähne. Die feuchten Lehmflecken im schokoladenbraunen Fell zeigten ihr, dass er bis vor kurzem auf dem Boden gelegen hatte. Sie sprach leise mit ihm, endlich bekam er einen freundlichen Klaps, und sie folgte Lia durch das Türchen zur Weide nebenan. Sol wartete ihr Näherkommen nicht ab. Der kleine Hengst stellte den wolligen Schweif auf und setzte sich mit dünnem Stimmchen wiehernd in den Galopp. Schon fegte er heran. Genüsslich ließ er sich den Mähnenkamm kraulen, bis ihm von einem Augenblick zum nächsten etwas anderes einfiel. Er warf sich auf der Hinterhand herum und galoppierte ungestüm zu seiner Mutter.

Als Nächste trotteten Io, die ihrem kleinen Bruder mit ihrer Neugier in nichts nachstand, und Darius, der Io kaum von der Seite wich, zu den Mädchen. Ios schwarzer Schopf wippte bei jedem Schritt und gab den Blick auf die hübsche schmale Blesse frei. Während die Mädchen der zierlichen kleinen Stute bequem den Arm um den Hals legen konnten, mussten sie sich bei Darius ordentlich strecken, um seine Stirn zu streicheln. Kein Wunder bei einem Stockmaß von einem Meter und siebzig, dachte Lara. Zum Glück senkte Darius seinen langen Kopf immer freundlich herab, um sich streicheln oder auch aufhalftern zu lassen. Stella ließ sich Zeit und kam gemächlich herangebummelt, doch als sie die Mädchen dann erreichte, wichen Io und Darius zur Seite aus, um ihr den Vortritt zu lassen. Als Chefin der kleinen Herde stand Stella das Recht zu, im Mittelpunkt zu stehen. Das wussten alle.

Lia klopfte ihr zärtlich den Hals. Wenn sie auch behauptete, alle ihre Ponys gleich lieb zu haben, so war Lara sicher, dass Stella – wenn Lia sich hätte entscheiden müssen – ihr erklärter Liebling war. Auf ihrem Rücken hatte Lia reiten gelernt, und Lara und Lia konnten sich keine bessere Lehrmeisterin vorstellen als die bei allem Temperament ebenso sensible wie freundliche Ponystute.

„He!“, rief Lia plötzlich erschrocken. „Stellas Hals ist ja ganz verschwitzt. Ob sie krank ist?“

Lara schob die lange schwarze Mähne zurück und sah sich das Fell darunter genauer an. Tatsächlich! Die Haarspitzen auf Stellas hellbraunem Sommerfell waren von angetrocknetem Schweiß verklebt. Lara ließ die Mähne wieder herab und trat einen Schritt zurück, um das Pony zu betrachten, und sah leichte Abdrücke in der Sattellage. Aber Stella atmete normal und hatte auch keine weiteren Schweißflecken an den Flanken, die auf eine Krankheit, eine Kolik vielleicht, hingewiesen hätten.

Während sie die Stute aufmerksam betrachtete, drängte sich Sol neben seine Mutter. Er war in der letzten Zeit ordentlich gewachsen und musste sich richtig ducken, um an das Euter zu gelangen. Um es ihm leichter zu machen, winkelte Stella ein Hinterbein an. Sie wirkte gesund und ausgeglichen wie immer. Was also konnte sie so ins Schwitzen gebracht haben?

„Wenn ich es nicht besser wüsste“, sagte Lara nachdenklich, „würde ich meinen, du wärst gestern Abend geritten und hättest anschließend vergessen, Stellas Hals abzubürsten.“

Lia warf ihr einen empörten Blick zu. „Ich vergesse nie, Stella nach dem Reiten zu bürsten! Spinnst du?“

Manchmal kann Lia ganz schön empfindlich sein, dachte Lara. Sie versuchte es noch einmal. „Ich hab doch gesagt: Wenn ich es nicht besser wüsste! Sieh sie dir genau an: Stella sieht aus, als wäre sie geritten worden. Schau auf die Sattellage!“

Lia starrte die Freundin an, als zweifelte sie an deren Verstand. „So ein Quatsch! Wer sollte sie denn gritten haben? Das ist doch gar nicht möglich! Nein, nein, sie muss krank sein. Hoffentlich ist Sonja noch da!“ Schon machte sie kehrt.

Lara sah der zierlichen Gestalt ihrer Freundin nach, die über die Weide zum Hof hinaufrannte. Als Lara aus dem Haus gegangen war, hatte Sonjas Kombi noch im Hof gestanden. Sonjas kleine Wohnung lag über ihrer Praxis in einem Dorf in der Nähe, doch wenn sie abends zu müde zum Heimfahren war, übernachtete sie manchmal bei Joscha. Er wohnte gemeinsam mit Lara und ihrem Vater in dem kleinen Fachwerkhaus auf dem Gelände der Roten Mühle. Verglichen mit dem mehrstöckigen Gutshaus, in dem Lia mit ihrer Mutter Angela lebte, war dieses Häuschen winzig, aber Lara liebte es. Sie wollte nirgendwo anders wohnen.

Lia hatte Glück. Als sie wenige Minuten später zurückkehrte, kamen Sonja und Joscha mit ihr. Joscha trug Reithose und Stiefel. Er erwartete an diesem Morgen sechs Teilnehmer mit ihren Pferden für einen mehrtägigen Dressurkurs.

„Hoffentlich ist es keine Kolik“, sagte er besorgt und strich sich über die grauen Haare, während er die Stute prüfend betrachtete. Sonja bat Lia, Stellas Kopf festzuhalten, damit sie ihn jetzt nicht zum Grasen senkte, und legte das Stethoskop an. Sie hörte die Stute gründlich ab und maß ihre Temperatur. Nachdenklich schob sie das Stethoskop wieder in die Jackentasche.

„Ist es schlimm?“, fragte Lia ängstlich. „Ist sie sehr krank?“

Sonja schüttelte den Kopf. „Ich kann nichts feststellen. Absolut nichts. Vielleicht hat sie sich vor irgendetwas erschreckt und ist herumgaloppiert.“

„Aber dann wären die anderen Pferde mitgelaufen und müssten genauso stark verschwitzt sein“, wandte Lara ein. „Vor allem Darius! Ihr wisst doch, wie schnell er ins Schwitzen kommt.“

Carla Meringsdorf, seine Besitzerin, hatte erst vor kurzem eine zweite Abschwitzdecke gekauft, damit Joscha eine Decke zum Wechseln zur Verfügung hatte, wenn er den

Fuchs nach der Arbeit eindecken musste. Außer von Joscha wurde Darius zweimal wöchentlich von seiner Besitzerin und manchmal auch von Lara geritten. Lara machte das großen Spaß, weil das Reitgefühl auf dem stattlichen Darius so ganz anders war als auf dem schnellen Jupiter. Er war einfach wunderbar zu reiten.

„Die Hauptsache ist", sagte Sonja, „dass Stella einen gesunden Eindruck macht. Trotzdem müssen wir sie weiter beobachten. Ich untersuche sie heute Abend noch einmal genau. Ohne Grund ist sie nicht verschwitzt, und das sollten wir herausfinden."

Joscha sah auf die Uhr. „Ihr seid spät dran, Lara. Wenn ihr den Schulbus nicht verpassen wollt, müsst ihr euch beeilen."

„Wir haben die Stuten noch nicht auf die Weide gebracht", gab Lara zu.

Joscha nahm ihnen die Trödelei nicht übel. Er freute sich auf den Kurs und war ausgesprochen guter Laune. „Ich werde Heiner bitten, das zu machen. Er kommt heute früher, um die Boxen für die Gastpferde zu richten."

Wie gut, dass wir Heiner haben, dachte Lara wieder einmal dankbar. Ursprünglich hatte sich der alte Bauer Heiner Siebert, nachdem er seinen eigenen Hof aufgegeben hatte, in der Roten Mühle nur ein wenig die Zeit vertreiben wollen; doch inzwischen war er unentbehrlich geworden. Während der Reitkurse war er morgens und abends zur Stelle, um zu füttern und die Gastboxen in Ordnung zu halten. In der übrigen Zeit kümmerte er sich um die Weidepflege und machte andere Arbeiten, die auf einem großen Hof wie der Roten Mühle zu tun waren. Die Betreuung der eigenen Ponys und der ständigen Pensionsgäste Darius und der Stuten war zwar die Aufgabe der Mädchen geblieben, aber Heiner half ihnen im Notfall gern dabei. In diesem Augenblick war er bereits damit beschäftigt, mit der Schubkarre Strohballen in die Boxen zu fahren. Ergeben kurvte er um Fina herum. Der alte Mann und die Hündin mochten sich seit dem Augenblick ihrer ersten Begegnung. Heiner hatte sich von Finas Größe und ihrem grimmigen Aussehen nicht einschüchtern lassen. So viel Mut zeigten nur wenige Menschen, die meisten hatten zunächst Angst vor der Hündin, der man ihr gutmütiges Wesen nicht ansah. Und Fina schien ihm für seine Furchtlosigkeit dankbar zu sein. Als Heiner nun die Mädchen bemerkte, stellte er die Karre ab und lüftete grinsend seine alte Schirmmütze. Je mehr Arbeit zu tun war, desto besser wurde seine Laune. Darin war er Joscha erstaunlich ähnlich. Deshalb verstehen sich die beiden so gut, dachte Lara.

Auch sie selbst freute sich auf den Dressurkurs. Es war interessant und in gutem Sinne lehrreich, bei den Stunden zuzuschauen. Die Teilnehmer übernachteten in den kleinen gemütlichen Gästezimmern im Haupthaus. Angela hatte eine nette Frau aus der Nachbarschaft zur Hilfe, sie brauchte aber auch oft Lias Unterstützung. Nicht nur, um die Reiter zu versorgen, sondern auch für die Gäste, die zu ihren Malseminaren kamen. Die Reiter fand Lia wesentlich interessanter als die Hobbykünstler, weil sich bei ihnen schon beim Frühstück alles um Pferde drehte. So konnte Lia ihre Neugier stillen, wenn sie beim Servieren und Abräumen helfen musste.

Lara traf Moritz wie jeden Morgen vor der Schule. Zuerst sprachen sie über Rapunzel und den Schrecken, den Stella ihnen bereitet hatte, und dann fragte Moritz nach den Pferden, die für den Kurs erwartet wurden. Ebenso wie die Mädchen nutzte er jede Gelegenheit, um die Dressurstunden zu beobachten.

„Joscha hat mir die Anmeldungen gezeigt“, berichtete Lara. „Es kommen drei Warmblüter und ein gescheckter Trakehner, außerdem ein Friese und ein Andalusier.“

Moritz sah sie interessiert an, als Lara hinzufügte, dass es sich bei dem Friesen und dem Andalusier um zwei Hengste handelte, die angeblich sehr gut ausgebildet waren.

„Von denen kann man bestimmt allein vom Zuschauen eine Menge lernen“, sagte er erwartungsvoll.

„Ich denke, du bist Springreiter“, neckte Lara ihn.

Moritz lachte. „Klar bin ich das. Trotzdem lasse ich mir eine gute Dressurvorführung nicht entgehen.“

Sie gingen in unterschiedliche Klassen, trafen sich aber, wann immer es möglich war. In der letzten Pause verabredeten sie sich für den Nachmittag, um ein wenig bei Joschas Unterricht zuzuschauen und später auszureiten.

Der erste Weg nach der Schule führte Lara und Lia zur Weide. Rapunzel wirkte müde, aber wenigstens rupfte sie etwas Gras. Stella war putzmunter. Aufmerksam trabte sie den Mädchen entgegen, ließ sich eine Weile streicheln und begutachten, und als sie endlich genug davon hatte, legte sie die Ohren an und jagte Darius von Io fort, weil sie ihre Tochter eine Weile für sich haben wollte. Sol forderte Darius zum Spielen auf. Mit rührend langsamen Bewegungen, um seinen jungen Freund nicht zu gefährden, galoppierte der langbeinige Fuchs dem Fohlen nach.

Lia betrachtete Stella liebevoll. „Es war falscher Alarm“, sagte sie erleichtert. „Sie macht nicht mehr den Eindruck, als könnte sie krank sein.“

Lara nickte. „Rätselhaft bleibt es trotzdem. Schließlich

war sie total verschwitzt. Wir werden wohl nicht erfahren, was letzte Nacht hier los war."

Auf dem Rückweg statteten sie Ganymed einen Besuch ab. Er hatte bereits einen Gast. In der Futterkrippe lag, bequem auf ein Heukissen gebettet, rund zusammengerollt Kater Cat. Der Kater blinzelte mit den meergrünen Augen. Sein seidiges Fell verlockte zum Streicheln, aber das hätte nur gewagt, wer den Kater nicht kannte. Cat gehörte zu den Katzen, die selbst darüber bestimmen wollten, wann und von wem sie sich anfassen ließen. Wer das nicht beachtete, handelte sich schnell ein ungnädiges Fauchen oder sogar einen Tatzenhieb ein. Bestimmt hatte Cat, bevor er in die Rote Mühle kam, durch schlechte Erfahrungen lernen müssen, sich gegen Menschen zu behaupten. Auch in diesem Augenblick wollte der Kater seine Ruhe haben.

Ganymed dagegen freute sich über die Abwechslung und begrüßte die Mädchen mit einem tiefen Brummeln. Er war ein bemerkenswert geduldiger Patient, obwohl er seine Box seit Wochen nicht mehr verlassen hatte. Doch nun war die schlimmste Zeit vorbei.

Lia streichelte seinen kräftigen Hals. „Wie wird er sich freuen, wenn er endlich wieder auf die Weide darf! Ich wünschte, ich könnte ihm irgendwie verständlich machen, dass es nicht mehr lange dauern wird."

Unter den prüfenden Blicken von Sonja und Joscha sollte Ganymed an diesem Abend die Box für eine Runde im Schritt verlassen dürfen. Dann würde sich zeigen, wie gut der Bruch des Fesselbeins verheilt war. Sonja war voller Hoffnung, denn an dem verletzten Bein ließ sich bis auf eine kaum fühlbare Schwellung nichts feststellen. Doch Lara würde erst dann beruhigt sein, wenn sie Ganymed im reinen Trab gesehen hatte. Ihre eigene Unachtsamkeit hatte zu dem schlimmen Unfall geführt, und das quälte sie noch immer.

Cat fand, dass er jetzt genug geruht hatte. Leise maunzend stemmte er sich hoch, machte einen Buckel und verließ die Krippe mit einem geschmeidigen Satz. Mit hochgestelltem Schwanz ging er zu Lara und strich ihr schnurrend um die Beine. Sie passte gut auf, als sie sich bückte und vorsichtig die Hand ausstreckte. Bei Cat konnte man nie wissen, was er vorhatte. Doch er ließ sich das Streicheln gern gefallen. Sein Schnurren schwoll zu einem tiefen behaglichen Rollen an, sobald sie ihm über den Rücken strich. Die braunen Sprenkel in seinem tiefschwarzen Fell waren sehr hübsch, und Lara staunte immer wieder darüber, wie groß der Kater war. Endlich richtete sie sich auf und zog rasch die Hand zurück, damit Cats Pfotenhieb ins Leere ging. Der eigenwillige Kater hatte seine eigenen Vorstellungen davon, wann mit dem Streicheln Schluss sein sollte. Andererseits war es nicht ratsam zu warten, bis er die Lust verlor. Cat war eben keine Schmusekatze. Aber gerade deswegen mochte Lara ihn so sehr. Vor einiger Zeit hatte Cat Laras Vater zu der Erfindung einer automatischen Katzen-Futter-Station inspiriert. Seit einigen Tagen verhandelte Jakob mit einem Hersteller, der den Apparat produzieren wollte. Jakob hatte bereits das Patent für sich angemeldet.

Lia hatte inzwischen Ganymeds Hufe ausgekratzt. Zum Abschied gab sie ihm eine Möhre. „Mir knurrt der Magen. Was gibt's heute bei dir, Lara?“

„Irgendetwas aus der Kühltruhe“, antwortete Lara. „Papa ist wegen der Cat-Box unterwegs, und Joscha ist mit den Leuten vom Kurs zum Essen gefahren.“

„Komm doch zum Essen zu uns“, forderte Lia sie auf.

Bevor sie ins Haupthaus gingen, wollten sie die Kurspferde kennen lernen. Joscha hatte die Gastboxen im hinteren Stall der Scheune eingerichtet. Dieser Bereich besaß einen eigenen Eingang, damit die fremden Tiere keinen Kontakt zu den Pferden der Roten Mühle bekamen. Das war Sonja wichtig gewesen. Niemand konnte ausschließen, dass einer der vierbeinigen Gäste ein unbekanntes Virus mit sich führte, auch wenn er gesund wirkte. Die Boxen waren großzügig bemessen, und die großen Fenster und das offene Tor sorgten für Sonnenlicht und viel frische Luft. Da jedes Pferd morgens und abends in den Unterricht ging, kam keine Langeweile auf.

Helles Wiehern schallte den Freundinnen entgegen. Ein großer rundlicher Schwarzschecke trabte aufgeregt durch das Stroh und kam wiehernd näher, als die Mädchen ihn ansprachen. Die anderen Pferde nahmen die fremde Umgebung gelassener hin. Der Dunkelfuchs nebenan wandte ihnen nur ein Ohr zu, ohne sich von seinem Heu ablenken zu lassen. Ein zierlicher Brauner mit einem kleinen Stern auf der Stirn spitzte neugierig die Ohren.

„Der sieht richtig frech aus“, sagte Lara bewundernd.

„Und er ist schön klein“, fügte Lia hinzu, die sich von großen Pferden leicht einschüchtern ließ. „Er ist kaum größer als unsere Ponys. Sieh mal, der Schimmel dort! Was für ein Riese!“

Sie traten zur nächsten Box und betrachteten das große Pferd staunend. Es war ein Fliegenschimmel wie Schneewittchen, aber im Widerrist mindestens zwei Handbreit höher als die alte Stute.

„Der ist noch größer als Darius“, sagte Lia beeindruckt.

„Wie gut, dass Heiner sich um diese Pferde hier kümmert. Ich würde mich nicht in seine Box trauen."

Bei aller Zuneigung zu Pferden hatte sich Lia einen gesunden Respekt vor fremden Pferden bewahrt. Lara war weniger ängstlich, aber auch sie sah sich vor, wenn sie ein Pferd nicht kannte. Joscha hatte ihr schon früh beigebracht, dass die wenigsten Pferde es zwar wirklich böse meinten, manche aber einfach unerzogen und übermütig waren. Wenn ein so mächtiges Pferd wie dieser Schimmel einen Menschen nicht zur Kenntnis nahm, konnte das gefährlich werden. Doch mit seinen großen sanften Augen und den freundlich gespitzten Ohren wirkte dieses Tier nicht so, als könnte es einen Menschen rücksichtslos an die Wand drücken.

Besonders gespannt waren sie auf den Friesen und den Andalusier, die in den hinteren Boxen standen.

„Einer ist schöner als der andere!", rief Lia begeistert. Beide Pferde, ein Rappe und ein Grauschimmel, waren nicht höher als der zierliche Braune mit dem Stern, aber viel kräftiger gebaut. Bei dem Rappen fielen auf den ersten Blick der muskulöse, hoch aufgesetzte Hals und die starken Beine auf, die am Fesselgelenk üppig behaart waren. Überhaupt, diese wundervollen langen Haare! Der lange Schweif!

Lara war hingerissen. „Schau dir die Mähne an! Einfach herrlich!"

Die lockige Pracht reichte weit über den Hals des Pferdes herab und war so lackschwarz wie sein Fell. Der dichte Schopf fiel ihm von der Stirn bis zu den Nüstern. Der Friese schüttelte gelassen seinen prächtigen Haarschmuck und stieß ein tiefes Wiehern aus, das fast so wie bei Jupiter klang, wenn er nach dem Ausritt seine Familie begrüßte. Als der Grauschimmel mit der Nase zu dicht an die Trennwand kam, schnappte der Schwarze schnell zu ihm hinüber. Der Grauschimmel ließ sich davon jedoch nicht einschüchtern und warf den Kopf herum. Der Biss ging ins Leere, und dahinter steckte wohl mehr Spielerei als eine ernsthafte Drohung.

Der Grauschimmel war feingliedriger als sein stämmiger Nachbar. Auch er besaß einen kräftigen, schön geschwungenen Hals mit wallender Mähne, doch sein Schopf reichte nur über die Stirn und gab den Blick auf die glänzenden schwarzen Augen und die lange, nach außen gebogene Nasenlinie frei.

Lia betrachtete den Schimmel entzückt. „Das ist ein Ramskopf, oder? Ich dachte früher immer, ein Ramskopf wäre hässlich, aber dieser ist ... wie soll ich sagen?"

„Er ist einfach hübsch", schlug Lara vor. „Nein, hübsch klingt zu sanft. Edel passt besser."

Lia stellte sich auf die Zehenspitzen und spähte in die Boxen hinein. „Welcher gefällt dir besser, Lara, der Schwarze oder der Grauschimmel?"

Eine schwierige Frage, auf die Lara keine Antwort wusste. Sie fand jedes Pferd auf seine Weise schön. Inzwischen knurrte ihr der Magen. „Wie war das mit der Einladung?"

Angela war eine sehr gute Köchin. Auf dem breiten Treppenaufgang des großen Gutshauses drang ihnen der Duft von Bratkartoffeln entgegen. Die Küche passte zur Größe des Hauses, sie war hoch und weitläufig wie ein Saal. In der Mitte stand der lange schmale Tisch aus dunklem Eichenholz, um den sich an jedem Sonntagmorgen die Bewohner der Roten Mühle zum Frühstück versammelten. Angela stand am Herd und rührte in der Pfanne. Sie trug ihren Malerkittel. Wenn sie Gäste hatte, blieb ihr wenig Zeit für die Arbeit im Atelier, und sie nutzte jede freie Minute. Sie nickte Lara lächelnd zu. „Ich dachte mir, dass du mitkommen würdest."

Während Lara den Tisch deckte, machte Lia die Salatsoße. Schnell holte sie frische Kräuter aus dem Gemüsegarten. Sie hatten sich gerade gesetzt, als die Küchentür aufgestoßen wurde. Gleich darauf tappte Fina herein. Türen waren für die Hündin kein Hindernis; sie nahm einfach die Klinke ins Maul und drückte sie herunter. Genau genommen gehörte Fina zu Joscha, der sie vor Jahren im Tierheim entdeckt hatte, aber Fina hielt sich gern im Haupthaus auf; am liebsten in Angelas Atelier. Dort lag sie stundenlang unter Angelas Arbeitstisch, und inzwischen waren viele Skizzen und Bilder von ihr entstanden. Eine besondere Zuneigung war zwischen Angela und der großen Hündin gewachsen.

„Bitte nimm Fina nachher mit, Lara", bat Angela mit einem liebevollen Blick auf die Hündin, die sich vor dem Herd niedergelegt hatte. „Meine Gäste kriegen Angst, wenn sie Fina im Flur begegnen, bevor Joscha sie ihnen vorgestellt hat."

Finas Liebenswürdigkeit versteckte sich hinter einem struppigen schiefergrauen Fell und einem großen langen Schädel. Joscha hatte sich eine lustige kleine Zeremonie ausgedacht, um sie den Reitschülern vorzustellen, und danach hatte dann niemand mehr Angst vor Fina.

„Was habt ihr heute Nachmittag vor?", fragte Angela beim Essen. Sie war zufrieden, allen schmeckte es.

„Reiten!", rief Lara. „Nachher kommt Moritz."

„Und beim Kurs zusehen", fügte Lia hinzu.

„Und die Schule?", fragte Angela streng. „Ihr schreibt doch morgen die Mathearbeit!"

„Nicht weiter schlimm", sagte Lia leichthin. „Ich kümmere mich heute Abend darum."

Angela konnte sehr streng aussehen, wenn sie wollte. „Hältst du das für eine gute Idee?", fragte sie ihre Tochter.

Lia sah missmutig zur Zimmerdecke. „Mama, ich bin kein Baby mehr. Ich kann mir meine Zeit selbst einteilen."

„Das sollst du auch. Aber mit Verstand." Es folgte ein weiterer strenger Blick.

„Also gut!" Unwillig lenkte Lia ein. „Ich mach's gleich. Aber nur, wenn Lara und Moritz mit dem Reiten auf mich warten."

Lara versprach es. Sie erledigte ihre Hausaufgaben sowieso am liebsten sofort nach dem Essen. Abends hatte sie einfach keine Lust mehr dazu.

Ein großer Tag für Ganymed

Als sie gegessen hatten, nahm Angela einen Briefumschlag aus der Tasche und legte ihn auf den Tisch.

„Was ist darin?", fragte Lia neugierig.

Angela lächelte geheimnisvoll. „Mach ihn auf!"

Schnell riss Lia den Umschlag auf und nahm zwei Theaterkarten heraus. „Das sind Karten für die Oper! Die Zauberflöte. Toll! Darf ich mitgehen?"

„Warum, glaubst du, gebe ich dir sonst die Karten?" Angela lächelte über die Begeisterung ihrer Tochter. „Ich habe sie von einem Malschüler geschenkt bekommen. Er und seine Frau sind verhindert. Freust du dich?"

„Und wie!", rief Lia und fügte gleich hinzu: „Schade, dass es nicht drei Karten sind. Dann könnte Lara mitkommen."

Dazu hätte Lara wenig Lust gehabt. Vielleicht lag es an

den Erinnerungen an endlose dunkle Gänge hinter der Bühne und stickige Garderoben, in denen sie als kleines Mädchen während der Proben auf ihre Mutter warten musste.

Lia dagegen war begeistert und voller Vorfreude, sie betrachtete entzückt die Theaterkarten. Bis sie plötzlich erschrocken aufsah. „An dem Abend kann ich nicht! Da haben wir unser erstes Treffen wegen der Theater-AG."

„Ausgerechnet an dem Abend?", fragte Angela verwundert. „Wieso trefft ihr euch nicht gleich nach der Schule?"

„Weil Mandy jemanden dazu eingeladen hat", erklärte Lia tief enttäuscht. „Irgendeinen Theatermann, der den anderen die AG schmackhaft machen soll. Sie hat Angst, dass ein paar Leute sonst gleich wieder abspringen. Damit hätte sie ihre Erfahrungen, sagte sie. Kannst du die Karten umtauschen?" Erwartungsvoll sah sie ihre Mutter an.

Angela schüttelte den Kopf. „Unmöglich, das sind Karten für die Premiere. Sei nicht traurig, Lia. Wir gehen ein anderes Mal ins Theater. Ich verspreche es dir!"

Enttäuscht schob Lia die Karten in den Umschlag zurück. „Du darfst sie aber nicht verfallen lassen! Nimm jemand anderen mit. Zum Beispiel Lara!"

Lara zog die Nase kraus. „Na ja, aber wie wär's mit meinem Vater? Dann kann meine Mutter ihm nicht länger vorwerfen, er würde die Kultur vernachlässigen und sich nur um seine Maschinen kümmern!"

Lia musste trotz ihrer Enttäuschung lachen. „Gute Idee! In der Oper können sich Mama und Jakob nicht streiten. Jedenfalls nicht während der Vorstellung."

Lara wurde von ihrem Lachen angesteckt. „Wie soll mein Vater es nur aushalten, wenn er sich nicht mit Angela kabbeln darf? So eine Oper dauert doch ewig!"

„He, seid ihr unverschämt!", rief Angela vergnügt und stand auf. „Am liebsten würde ich Fina mitnehmen. Sie kann lange stillhalten und beschwert sich hinterher nicht über die Inszenierung oder das Bühnenbild. Kommst du mit, mein Schatz?"

Fina war aufgesprungen und sah Angela freudig wedelnd an. Auffordernd begann sie zu bellen.

„Es gibt nur ein Problem", sagte Lia ernsthaft.

„Ruhig, Fina!", rief Angela. „Und das wäre?"

„Die Sitze!", rief Lia. „Sie sind zu klein für Fina!" Sie fing an, mit großen Gesten das Bild zu beschreiben, das die struppige Hündin zwischen all den gut gekleideten Premierenbesuchern bieten würde, und als sie Fina dazu überreden wollte, zur Probe auf einem Küchenstuhl Platz zu nehmen, konnten sich Lara und Angela nicht mehr halten vor Lachen.

„Und was soll sie bloß anziehen?", stöhnte Lia mit einem übertriebenen Seufzer.

Angela floh lachend in ihr Atelier; gefolgt von Fina, die von dem Theater um sie herum verwirrt war und unsicher die Ohren zur Seite stellte. Während sie weiter herumalberten, räumten Lara und Lia den Tisch ab.

„Hoffentlich nimmt sie deinen Vater mit", sagte Lia, als sie endlich wieder ernst geworden waren. „Die Streiterei ist doch gar nicht mehr so schlimm!"

„Immerhin haben sie zusammen an der Cat-Box gearbeitet", wandte Lara nachdenklich ein. Angela hatte eine dekorative Bemalung für die Futterstation entworfen. „Ich finde, sie passen viel besser zusammen, als beide glauben."

Lia gab der Kühlschranktür einen energischen Schubs. „Wird höchste Zeit, dass sie das selbst feststellen."

Mit der befriedigenden Gewissheit, alle ihre Hausaufgaben erledigt zu haben, verließ Lara zwei Stunden später ihr Zimmer. Sie hatte sogar das Geschichtsreferat in Angriff genommen, für das ihr noch ein paar Tage Zeit blieben. Auf die Klassenarbeit brauchte sie sich nicht weiter vorzubereiten; Mathematik, das neben Biologie und Chemie zu ihren Lieblingsfächern gehörte, fiel ihr leicht. Sie ging auf direktem Weg zur Reithalle.

Moritz' Fahrrad lehnte an der Mauer. Vor lauter Neugier war er früher gekommen als ausgemacht und saß mit konzentrierter Miene auf der unteren Sitzbank der kleinen Tribüne, die sich an der Stirnseite der Halle befand. Gerade trabten der Rappe und der edle Grauschimmel durch die Bahn. Die Pferde wurden von jungen Mädchen geritten. Die anderen Reiter, zwei Männer und zwei Frauen, hatten ihre Pferde noch im Stall gelassen und als Zuschauer auf der oberen Bank Platz genommen. Joschas klare, ruhige Stimme schallte durch die Halle. Der Rappe und der Schimmel trabten mit hohen, runden Tritten den Hufschlag entlang, und ihre Freude an der Bewegung war deutlich zu spüren. Nachdem auch Lia zu ihnen gekommen war, blieben die drei Freunde bis zum Ende der Unterrichtsstunde. Anschließend wurden der Fliegenschimmel und der kleine Braune hereingeführt. Gern hätten sie auch diese Pferde beobachtet, aber noch größer war jetzt die Lust, selbst im Sattel zu sitzen.

Lia wurde ungeduldig, sie sprang auf. „Jetzt sind unsere Ponys an der Reihe!"

Nachdem Sol auf die Welt gekommen war, hatte sie eine ganze Weile auf längere Ausritte verzichten müssen. Der Traum, den Kleinen einfach mitzunehmen, war schnell zerplatzt. Sol war viel zu unternehmungslustig, um ruhig an der Seite seiner Mutter zu bleiben. Er galoppierte unerschrocken voraus und achtete weder auf Autos noch auf andere Gefahren, die einem ungestümen Fohlen drohen könnten. Später erwies sich seine Selbstständigkeit als Vorteil. Nachdem Lia herausgefunden hatte, dass es ihn nicht kümmerte, wenn seine Mutter für ein paar Minuten zum Putzen auf den Hof geführt wurde, dehnte sie die Trennungen behutsam immer länger aus, bis sie, mit Joschas Einverständnis, eine halbe bis Dreiviertelstunde ausreiten konnte. Sol spielte inzwischen mit Darius oder ließ sich von seiner Schwester Io bemuttern.

Stella schien ganz froh, dass sie ihrem wilden Sohn eine Weile entkommen konnte, und folgte Lia immer ohne Widerstand.

„Wir müssen zurück sein, bevor Sol Hunger kriegt", sagte Lia später, als sie Stella vor die Scheune führte und auf dem Putzplatz zwischen Kallisto und Jupiter anband. Bevor sie mit dem Striegeln begann, betrachtete sie die Stute ganz genau. „Sieht sie auch wirklich gesund aus? Was meint ihr?"

Lara und Moritz versicherten beide, dass sie nichts Auffälliges entdecken könnten, und Lia war halbwegs beruhigt.

Nach Laras Überzeugung hatten die Ponys an den Ausritten genauso viel Spaß wie ihre jungen Reiter; vor allem, wenn sie als ganze Familie unterwegs waren. Kallisto lief gern zwischen seinen Eltern. Aufmerksam schritt er voran und schnaubte im Gleichklang mit dem Hengst und der Stute. Das kurze, aber unvermeidliche Stück an der Landstraße entlang hatten sie bald hinter sich gelassen und ritten nun auf dem Feldweg dem Wald entgegen. Aus Spaß schlug Lara vor, auch im Trab zu dritt nebeneinander zu bleiben. „Kopf an Kopf!“, sagte sie begeistert. „Überholen gilt nicht. Also los!“

Kallisto wollte sich sofort an die Spitze setzen. Auch Jupiter hatte es eilig, aber Stella wäre lieber gemütlich hinterhergezockelt. Es war nicht einfach, die Ponyköpfe auf einer Höhe zu halten, aber schließlich gelang es ihnen, ein gemeinsames Tempo zu finden und die Ponys im Gleichschritt laufen zu lassen. Bis zum Ende der Strecke blieben sie so dicht nebeneinander, dass die Steigbügel manchmal klirrend gegeneinander schlugen.

„Das probieren wir gleich im Galopp!“, rief Moritz plötzlich übermütig, als sie wieder Schritt gingen.

Auf der üblichen Galoppstrecke versuchten sie es. Der Weg war eben und breit genug für drei Ponys. Nun war es noch schwieriger, die drei Kopf an Kopf zu halten. Kallisto legte im Jagdgalopp los, und Stella wollte sich sofort hinter Jupiters Schweif klemmen. Lara wusste nicht, ob sie sich nach Stella oder Kallisto richten sollte, und entschied sich für ein Tempo dazwischen. Sie war so sehr damit beschäftigt, dass ihr die Galoppstrecke viel kürzer erschien als sonst.

Wieder im Schritt, strich Lia mit beiden Händen durch Stellas schwarze Mähnenhaare. „Das hat Spaß gemacht! Aber das nächste Mal bitte ein wenig langsamer, Moritz!“

Moritz grinste. „Wie langweilig! Mach mal ein bisschen Tempo, Lia!“

Lia verteidigte sich mit einem Hinweis auf Stella. „Ich denk nicht dran! Sie mag das nicht.“

Moritz lachte gutmütig. Er wusste so gut wie Lara, dass es vor allem Lia war, die keine schnellen Ritte mochte.

„Haltet euch einfach an Jupiter“, sagte Lara diplomatisch.

Trotzdem war es Lia, die vorschlug, das Ganze beim nächsten Ausritt noch einmal zu üben. „Ich wette, diese Mirja würde es nicht schaffen, mit ihrem Pferd Kopf an Kopf mit anderen über einen Feldweg zu galoppieren."

„Machst du dir immer noch Gedanken um sie?", fragte Moritz erstaunt.

Lara drehte sich im Sattel zu Lia um. „Vergiss sie am besten!"

Lia schüttelte den Kopf. „Es ist komisch, ich weiß. Aber ich muss dauernd an sie denken. Wollen wir umkehren? Sol hat bestimmt Durst, und außerdem will ich Gany noch besonders gut putzen. Er hat heute schließlich seinen großen Tag!"

Sie ließen die Zügel lang, als sie im ruhigen Schritt zur Landstraße hinunterritten. Die Ponys hatten am Hals leicht zu schwitzen begonnen, und sie sollten den Hof mit trockenem Fell erreichen.

Lia zupfte nervös an Stellas Mähne. „Hoffentlich kommt Sonja nichts dazwischen. Ich halte es nicht aus, wenn wir Ganys Probeführen auf morgen verschieben müssen."

Lara empfand es genauso. Nach der langen Stehzeit, die der junge Wallach hinter sich hatte, fieberte auch sie diesem ersten Führen entgegen. Auch wenn es nur wenige Minuten dauern würde – es war ein wichtiger Schritt auf dem Weg zu Ganymeds vollständiger Genesung.

„Er darf sich auf keinen Fall losreißen", sagte Lia beklommen. Niemand konnte vorhersehen, wie sich der junge Wallach verhalten würde. Vielleicht würde er vor Freude über die Abwechslung gleich einen Bocksprung machen. Lia hatte Moritz gebeten, die Aufgabe zu übernehmen, weil sie es sich selbst nicht zutraute.

„Und du kannst ihn bestimmt halten?“, fragte sie hoffnungsvoll.

„Klar“, erwiderte er mit fester Stimme und sah sie liebevoll an.

Dieser Blick entging Lara nicht. „Lia, lass Moritz endlich damit in Ruhe!“, fuhr sie die Freundin unvermittelt an.

„Aber ich hab doch nur gefragt, ob er mir helfen will“, sagte Lia arglos.

Lara wurde ärgerlich. „Zum tausendsten Mal hast du ihn deswegen schon gefragt! Seit Tagen löcherst du ihn! Das hält ja kein Mensch aus.“

Lia wandte sich erschrocken an Moritz. „Ich wollte dir bestimmt nicht auf die Nerven gehen, Moritz. Entschuldige.“

„Schon in Ordnung“, erwiderte Moritz gelassen. „Ist doch verständlich, dass du dir Sorgen machst. Ich habe kein Problem damit. Keine Ahnung, was mit Lara los ist!“

Sein leichtes, aber ein wenig unsicheres Lächeln machte Lara noch wütender. Warum, wusste sie nicht genau. Sie begann, sich über sich selbst zu ärgern, und nahm die Zügel auf, um sich mit Jupiter ans Ende zu setzen. Moritz hielt Kallisto zurück und lenkte ihn neben Jupiter.

„Ich möchte Lia nur helfen“, sagte er leise. „Das ist doch nichts Schlimmes. Schließlich sollten wir drei immer zusammenhalten, oder findest du nicht?“

Lara starrte auf Jupiters Mähne. „Das stimmt schon ...“

„Na also!“ Er nickte erleichtert und ließ Kallisto wieder schneller werden, bis er Lia und Stella eingeholt hatte.

Lara brütete den Rest des Weges missgelaunt vor sich hin. Sie achtete genau darauf, dass Jupiter sich auf keine drei Pferdelängen den anderen näherte. Sie wusste, sie war eifersüchtig. Und sie ärgerte sich noch mehr über sich selbst.

Sol schien seine Mutter nicht vermisst zu haben. Er lag schlafend zwischen Io und Darius, die mit gesenkten Köpfen beisammenstanden. Als Stella aber wieherte, war er mit einem Schlag hellwach, sprang auf die Beine und jagte in schnellem Galopp heran. Lia entließ Stella auf die Weide und ging zum Stall, um Ganymed für seinen Auftritt vorzubereiten.

Inzwischen hatten auch Lara und Moritz ihre Ponys versorgt und stiegen durch den Zaun zu den Stuten hinüber. Moritz schien Laras schlechte Laune nicht zu bemerken. Er wirkte ausgeglichen wie immer. Dass er nichts dazu sagte, war eben seine Art, und weil Lara selbst nicht wusste, wie sie mit diesem wilden Anflug von Eifersucht umgehen sollte, blieb sie auch lieber still.

Schneewittchen und Rapunzel grasten einträchtig am Ufer des Mühlbachs. Sie schlugen mit dem Schweif und spielten mit den Ohren, um die Fliegen zu vertreiben, und wenn man davon absah, dass Rapunzels Flanken eingefallen und ihr Fell stumpf war, schien alles in Ordnung zu sein. Oder doch nicht?

Als Lara und Moritz auf den Hof zurückkehrten, parkte ein dunkelgrüner Kombi unter den Kastanien. Vor der geöffneten Heckklappe stand Sonja und versuchte Ordnung in einen Stapel mit Medikamentenschachteln zu bringen.

Ihre erste Frage galt Rapunzel und Stella, und sie war beruhigt, als sie hörte, dass es beiden gut zu gehen schien. „Gleich kümmern wir uns um Gany. Lasst uns noch auf Joscha warten. Er gibt seine erste Theoriestunde."

Der theoretische Unterricht fand in Angelas Maleratelier statt, das im Dachgeschoss des Haupthauses eingerichtet war. Die Gästezimmer und Unterrichtsräume stellte Angela gern für Joschas Kurse zur Verfügung. Die Renovierung war teuer gewesen, und sie konnte zusätzliche Einnahmen durch die Miete gut gebrauchen. Mit Joscha kam sie sehr gut aus, und Sonja, die sich um die Organisation der Reitkurse kümmerte, war eine richtige Freundin geworden.

Wenige Minuten später wurde die Tür des Haupthauses aufgestoßen, und die Kursteilnehmer traten fröhlich lachend und redend auf den Treppenaufgang hinaus. Fina befand sich mitten zwischen ihnen. Joschas Vorstellung war gut gelaufen, denn keiner wich der großen Hündin aus. Während die Reiter in den Stall zu ihren Pferden gingen, eilte ihr Lehrer mit langen Schritten zu Ganymed.

Lia hatte sich alle Mühe gegeben, Ganymeds schwarzbraunes Fell sauber zu bürsten, kein Strohhälmchen in der Mähne und im Schweif war ihr entgangen. Ihre Wangen glühten vor Vorfreude und Aufregung. Ganymed spürte, dass etwas Besonderes geschah; er lief unruhig durch die Box, bis Moritz ihm das Halfter anlegte und ihm dabei beruhigend den Hals klopfte. Sanft redete er mit dem Pony. „Langsam, Gany!“, rief er, als sich der junge Wallach durch die Tür drängen wollte. Er hielt ihn mit einem sanften Klaps auf die Brust zurück. Ganymed blieb stehen und wartete brav ab, bis Moritz draußen war, bevor er ihm am durchhängenden Strick folgte.

„Vorsicht, Moritz!“, rief Joscha warnend. „Möglich, dass er gleich ein paar Freudensprünge macht. Halte ihn kurz!“

Moritz nahm den Führstrick fest in beide Hände und behielt das Pony im Blick, als er es in einem weiten Bogen über den Hof führte. Ganymed begann zu tänzeln und schnorchelte aufgeregt – so viele Wochen war er eingesperrt gewesen! Trotzdem blieb er folgsam an Moritz' Seite. Joscha und Sonja ließen die Blicke nicht von Ganymeds Beinen. Konzentriert verfolgten sie jeden Schritt. Ihren geschulten Augen würde nicht die geringste Unregelmäßigkeit entgehen.

„Im Schritt sehe ich keine Lahmheit", sagte Sonja endlich zufrieden.

„Ich auch nicht", murmelte Joscha. Er schien zutiefst erleichtert.

Lara spürte plötzlich, dass sie sich vor Spannung schmerzhaft die Fingernägel in ihre Handflächen gebohrt hatte. Alle waren sie aufgeregt. Lia stand steif neben ihr und stieß den angehaltenen Atem aus.

„Es sieht gut aus, Moritz!", rief Sonja. „Wirklich gut! Aber um ganz sicher zu sein, sollten wir ihn noch im Trab sehen. Ein paar Tritte genügen!"

Moritz nickte und verkürzte den Strick um eine Handbreit. Auf sein Schnalzen setzte sich Ganymed in Trab und warf die Beine, als wollte er mit zehn Schritten den Hof durchqueren; energisch setzte er die Hinterhand unter und hob die Vorderbeine hoch in die Luft. Bevor er jedoch richtig in Fahrt und vielleicht außer Kontrolle geraten konnte, brachte Moritz ihn mit vorgehaltener Hand in den Schritt zurück.

Joscha wechselte einen langen Blick mit Sonja, er legte den Arm um ihre Schultern und zog sie an sich. Sonja gab ihm einen Kuss, für einen Augenblick legte sie den Kopf an seine Schulter.

„Was soll das heißen?", rief Lia unruhig. „Ist alles in Ordnung mit ihm? Oder nicht, Sonja?"

Sonja drehte sich lachend herum. „So wie es aussieht,

ja! Er geht vollkommen klar! Wenn das so bleibt, ist er gesund."

Mit einem glücklichen Schrei fiel Lia zuerst der Tierärztin, dann Lara und schließlich Joscha um den Hals. Moritz führte Ganymed heran, der sich wieder beruhigt hatte und zufrieden schnaubte.

„Und wer freut sich mit mir?", fragte Moritz und lachte.

Lara umarmte ihn fest. Sie fühlte sich wie von einer gewaltigen Last befreit. So furchtbar war ihre Angst gewesen, dass Ganymed sein Leben lang unter den Folgen des Unfalls hätte leiden müssen. Durch ihre Schuld. Doch dieser Albtraum war endlich vorüber.

Der fremde Reiter

Einige Tage später wollte Lara so wie immer vor der Schule zur Weide gehen.

Lia lief ihr entgegen und winkte ihr heftig zu.

„Ist etwas mit Rapunzel?", rief Lara beunruhigt. Am vergangenen Abend hatte Rapunzel kaum gefressen.

Lia rang nach Luft, weil sie schnell gerannt war, und schüttelte nur den Kopf. Sobald sie zu Atem gekommen war, versicherte sie, dass es Rapunzel nicht schlechter ginge als sonst. „Aber Stella ist wieder am Hals verschwitzt!", stieß sie hervor. „So wie neulich! Und da ist noch etwas ... Ich bin richtig wütend!"

Lara erschrak. „Was ist los?"

„Du musst es selbst sehen. Komm mit!" Sie hatte nicht länger schlafen können, erzählte sie aufgeregt auf dem Weg zur Weide, und war deshalb früher als sonst aufgestanden und zur Koppel gelaufen.

Stella stand zwischen Io und Darius und wirkte so ausgeglichen, wie Lara sie kannte. Während Lia die Stirn mit dem runden Stern streichelte, fasste Lara prüfend an den Hals der Stute. Das Fell fühlte sich ganz feucht an.

„Siehst du das?“, rief Lia und deutete auf den Ponyrücken.

Lara verstand sofort, was Lia aus der Fassung gebracht hatte. Stellas hellbraunes Fell lag in der Sattellage nicht glatt an, sondern es sah aus wie gegen den Strich gebürstet. „Fast wieder so wie neulich!“, rief Lia.

„Jemand ist auf ihr geritten!“, rief Lara verdutzt. „Deshalb ist das Fell so rau. Wir hatten doch neulich schon den Verdacht!“

„Und zwar ohne Sattel, so wie es aussieht“, schimpfte Lia. „Wenn ich den erwische! Man kann doch nicht einfach mitten in der Nacht herkommen und mein Pony reiten!“

„Mitten in der Nacht war's wohl nicht“, überlegte Lara. „Sonst wäre Stella am Hals schon trocken. Wahrscheinlich ist der Kerl eben erst abgehauen. Hast du nichts mehr gesehen?“

Lia war nichts Besonderes aufgefallen. Hastig suchten sie die Weide ab, konnten aber nichts entdecken, das auf einen heimlichen Besucher hingewiesen hätte. Aber was hätten sie auch finden sollen? Wer sich auf eine Weide schleicht, würde sicher nichts zurücklassen, das ihn verraten konnte. Die Mädchen sahen sich die anderen Ponys und Darius genau an, konnten aber auch an ihnen nichts Verdächtiges feststellen. Der Unbekannte hatte es offenbar nur auf Stella abgesehen.

„Wenn er wenigstens Kalle oder Jupiter genommen hätte“, sagte Lia mit finsterer Miene. „Die beiden hätten sich das nicht gefallen lassen und ihn abgeworfen. Stella ist einfach zu gutmütig!“ Sie betrachtete ihre Stute mit gerunzelter Stirn, als wollte sie herausfinden, was mit Stella geschehen war.

„Wer auch immer das getan hat, er soll weder Stella noch Jupiter oder eines der anderen Ponys reiten“, sagte Lara wütend. „Wir müssen das verhindern, Lia!“

„Wir könnten Stella über Nacht in den Stall bringen“, schlug Lia vor.

Dort wäre die Stute vielleicht in Sicherheit, aber Lara war trotzdem dagegen. „Stella war noch nie eingesperrt. Und Sol auch nicht. Ich finde es ungerecht, wenn die beiden deshalb in die Box müssen. Außerdem können wir uns nicht darauf verlassen, dass dieser Fremde sie nicht aus dem Stall holt oder ein anderes Pony nimmt. Eigentlich ist dies ein Fall für die Polizei. Vielleicht hat Moritz eine Idee.“

Bevor sie zum Bus gingen, erzählten sie Jakob, Angela und Joscha außer sich von dem Vorfall. Die Erwachsenen waren ebenso empört wie die Mädchen. Sie versprachen, die Augen offen zu halten und mehrmals zur Weide hinauszugehen. Heiner Siebert verkündete grimmig, er würde den Eindringling mit der Mistgabel empfangen, wenn er ihn entdecken sollte. Joscha wollte auf jeden Fall die Polizei anrufen. Wenigstens informiert sollten die Beamten sein.

Moritz wartete wie immer vor der Schule. Als Lara und Lia mit ihrem überstürzten Bericht fertig waren, ballte er zornig die Fäuste. „Das lassen wir uns nicht gefallen! Wir müssen was unternehmen!“

Der Gedanke, dass sich irgendein Fremder an ihren Tieren zu schaffen machte, war Lara unerträglich. Was mochte der Eindringling als Nächstes vorhaben?

Moritz nickte entschlossen. „Wir werden uns den Kerl schnappen."

„Was schlägst du vor?", fragte Lia. „Sollen wir die Weide bewachen?" Ihre Stimme zitterte.

„Genau das werden wir tun", erklärte Moritz. „Wir legen uns auf die Lauer, bis wir ihn kriegen. Wir werden Nachtwache halten."

Lia hatte Bedenken. „Meiner Mutter wird dein Plan nicht gefallen. Sie ist dafür, dass die Polizei das macht."

„Die werden sich niemals wegen eines Verdachts auf die Lauer legen, das sage ich dir. Dafür haben die gar keine Zeit. Nein, das müssen wir schon selbst tun. Eure Eltern – und auch meine – müssen wir davon überzeugen. Joscha und Jakob werden uns doch bestimmt dabei helfen!"

„Lasst uns zuerst mit Joscha reden", schlug Lara vor. „Wenn er einverstanden ist, werden Angela und Jakob auch nichts dagegen haben. Jedenfalls müssen wir etwas tun, das ist klar."

Sie nutzten eine Pause zwischen zwei Reitstunden. Joscha hielt sich draußen vor der Halle auf, solange das nächste Schülerpaar die Pferde, den Braunen mit Stern und den großen Fliegenschimmel, im Schritt und Trab für den Unterricht vorbereiteten. Joscha aß einen Apfel und sah Cat beim Spielen zu. Seit Sonja es dank überzeugender und drastischer medizinischer Schilderungen und Fotos geschafft hatte, ihm das Rauchen zu verleiden, füllte er die Pausen mit Obst anstatt mit Zigaretten aus. Der Kater hockte regungslos einige Schritte weit entfernt unter dem Apfelbaum. Plötzlich machte er einen Satz nach vorn, packte mit den Pfoten zu und trabte gleich darauf mit erhobenem Kopf auf Joscha zu. Er erreichte seinen Freund kurz vor den Mädchen und Moritz und legte ihm seine Beute, eine braune Wühlmaus, vor die Füße. Joscha zog den Apfel, in den er gerade beißen wollte, wieder zurück und betrachtete traurig das tote Tierchen zu seinen Füßen.

Der Kater erwartete ein Lob für den Fang. Mit forderndem Maunzen strich er Joscha um die Stiefel.

„So ist die Natur“, murmelte Joscha mit einem Seufzer. „Es gehört sich für einen Kater, Mäuse zu fangen. Aber sie tun mir trotzdem Leid.“ Er bückte sich und senkte die Fingerspitzen behutsam auf Cats Rücken herunter, um zu testen, ob Cat in diesem Augenblick wirklich gestreichelt werden wollte. Schnurrend machte der Kater einen Buckel und lehnte sich gegen Joschas Stiefelschaft.

„Tut ihr mir den Gefallen und beseitigt die Wühlmaus? Ich muss gleich wieder rein!“, sagte Joscha.

„Machen wir sofort!“, versprach Lara und fügte mit drängender Stimme hinzu: „Hast du ein paar Minuten Zeit für uns? Wir müssen etwas mit dir bereden.“

Cat lief davon, als Joscha die Hand fortzog und sich rasch aufrichtete. „Das hört sich an, als hättet ihr irgendwas ausgeheckt. Also schießt los! Ich will meine Schüler nicht warten lassen.“

Natürlich hörte er aufmerksam zu, als Lara erklärte, was sie vorhatten. Endlich nickte er. „Es ist richtig, dass wir etwas tun müssen. Habt ihr mit Angela und Jakob gesprochen?“, fragte er, gab sich die Antwort im nächsten Augenblick aber selbst: „Natürlich nicht! Ich muss wieder mal als Versuchskaninchen herhalten.“

„Bitte, Joscha, hilf uns“, sagte Lia. „Wenn du einverstanden bist, wird meine Mutter auch nichts dagegen haben, dass wir Nachtwache machen.“

„Was sollte uns schon dabei passieren?“, wandte Moritz ein.

Joscha sah auf die Uhr. „Na gut. Mir ist es genauso wichtig wie euch, dass die Sache aufgeklärt wird. Die Polizei kommt nicht auf Verdacht. Es muss erst etwas passiert sein, damit die aufkreuzen. Also legt euch auf die Lauer. Aber unter dieser Bedingung: Jakob und Angela müssen einverstanden sein, ihr drei bleibt in jedem Fall beisammen, und ihr nehmt ein Handy mit, damit ihr sofort anrufen könnt, wenn etwas geschieht. Außerdem solltet ihr Fina dabeihaben. Was macht euch eigentlich so sicher, dass heute Nacht wieder etwas passieren wird?“

„Nichts! Wir haben keine Ahnung, wann er wieder kommen wird“, sagte Lara.

„Aber wir wollen die Weide so lange beobachten, bis wir ihn haben“, fügte Moritz entschlossen hinzu. „Und wenn das den ganzen Sommer dauern sollte.“

Mit Joschas Zustimmung im Hintergrund ließ sich auch Angela überzeugen. Jakob fand den Plan gut. Er verdächtigte ein paar fremde Jugendliche, die diese Reitversuche für eine tolle Mutprobe hielten.

Der Nachmittag verlief ohne besondere Vorkommnisse mit der Versorgung der Pferde, einem kurzen Ausritt, etwas Zuschauen beim Reitunterricht und schließlich mit dem Führen von Ganymed, das nun zum Tagesablauf gehörte. Moritz hielt den Führstrick sensibel, aber sicher in beiden Händen, als das junge Pony mit aufgeregt hochgeworfenem Kopf, aber rührend folgsam an seiner Seite schritt. Jeder hätte verstanden, wenn Ganymed sich übermütig aufgebäumt hätte, auch wenn das seinem ausheilenden Bein nicht gut getan hätte. Zum Glück aber war er bald ganz ruhig. Die Ausflüge beschränkten sich vorerst auf drei Runden über den Hof. Ganymeds Geduld als Patient war bis jetzt vorbildlich.

Besuch am frühen Morgen

Beim ersten Summen schlug Lara mit so viel Widerwillen gegen den Wecker, als wäre er eine lästige Fliege. Sie traf blind; zum Öffnen der Augen war sie viel zu müde. Nur fünf Minuten, dachte sie im Halbschlaf, rappelte sich dann aber auf, bevor sie fest wieder einschlief. Noch ein ausgiebiges herzhaftes Gähnen, dann streckte sie widerwillig die Füße unter der Steppdecke hervor. Beim ersten Mal war sie wie elektrisiert aus dem Bett gesprungen, aber nach drei erfolglosen frühen Morgenwachen hatte die Anspannung etwas nachgelassen.

Fina döste lang ausgestreckt auf dem Teppich, als Lara auf Zehenspitzen in den Flur schlich und das Licht anschaltete. Die graue Hündin klopfte träge mit der Schwanzspitze auf die Dielen, bevor sie sich hochstemmte und das Fell in Ordnung schüttelte. Einmal auf den Beinen, war Fina hellwach, und Lara musste sich beeilen und die mächtige Schnauze mit beiden Händen umfassen, um das übliche lautstarke Begrüßungsgeheul zu unterdrücken. Fröhlich grunzte Fina in Laras Hände hinein, während Lara ihr mit leiser Stimme versicherte, wie sehr sie selbst sich über das Wiedersehen freute. Erst dann konnte sie loslassen, ohne zu riskieren, dass Fina aus lauter Begeisterung alle aufweckte. Die morgendliche Begrüßungszeremonie war eine Herzensangelegenheit für Fina, und sie ließ dabei niemanden aus. Draußen auf dem Hof holperte sie in schwerfälligem Bärengalopp auf Lia zu und jaulte glücklich, doch hier störte es weder die Pferde noch Cat, der im Dämmerlicht wie ein grauer Schatten in einer Fensternische des Pferdestalles saß und sich putzte.

Lia tätschelte Fina langsam den Rücken. Dann fuhr sie sich durch die blonden Wuschelhaare und blinzelte verschlafen. „Ich bin todmüde. Können wir's heute nicht ausfallen lassen? Am liebsten würde ich wieder ins Bett gehen!" Sie gähnte, und Lara gähnte mit.

„Wir könnten ... noch zwei ... Stunden schlafen", flüsterte Lara sehnsüchtig.

„Noch zwei Stunden", wiederholte Lia träumerisch. „Kann Moritz nicht ausnahmsweise mal allein aufpassen?"

Sie blickte zum Herrenhaus hinüber, das massig und still im grauen Morgenlicht dalag. Alle Fenster waren dunkel; Angela und die Reitschüler schliefen noch. Bestimmt sieht Lia ihr warmes Bett vor sich, dachte Lara und sehnte sich selbst nach ihrem weichen kuscheligen Bett. Aber Moritz wartete bestimmt schon auf sie. Sie griff die müde Lia am Ärmel und zog sie mit sich zum Weidetor hinüber. „Komm, wir können Moritz nicht im Stich lassen."

Am Tor stand Moritz neben seinem Fahrrad und wippte munter auf den Zehenspitzen. „Wo bleibt ihr denn! Es ist bald Tag!"

Sie waren später dran als sonst. Inzwischen war es so hell, dass Darius und die Ponys bereits deutlich zu erkennen waren. Alle grasten bis auf Io, die sich schlafen gelegt hatte. Vielleicht in Sols Nähe, denn das Fohlen war nicht zu sehen. Seine kleine Gestalt verschwand ganz im hohen Gras, wenn er lag. Ebenso deutlich wie die Pferde waren die Hündin und die jungen Leute zu sehen, die nun in gebückter Haltung am Zaun entlang auf das Ufer zugingen und dort ins dichte Gestrüpp eintauchten.

Atemlos krochen sie unter die dickstämmige Trauerweide, deren Zweige dicht wie ein Vorhang bis auf den Boden reichten. Ein natürlicher Sichtschutz, hinter dem sie niemand entdecken konnte. Es sei denn, sie waren schon vorher gesehen worden.

„Warum kommt ihr so spät?“, schimpfte Moritz mit unterdrückter Stimme. „Wir hätten längst hier sein sollen. Es ist schon zu hell!“

„Ist doch egal“, gab Lia flüsternd zur Antwort. „Es wird sowieso wieder niemand kommen.“ Fröstelnd schlug sie die Arme übereinander. In der Nähe des Mühlbachs hielt sich die nächtliche Kälte länger, aber sobald die Sonne höher stieg, würde es auch hier warm werden. Die vergangenen Tage waren heiß und sonnig gewesen, und nach dem Wetterbericht sollte das schöne Sommerwetter anhalten. Die frisch gewaschene Pferdedecke, die sie sich am ersten Tag mitgebracht hatten, war feucht von Tau, aber es war trotzdem angenehmer, als auf dem nackten Boden zu hocken. Fina schob sich mit auf die Decke und gab Lara einen guten Grund, noch enger an Moritz heranzurücken. Dicht an seine Schulter gelehnt, spähte sie zwischen den Zweigen hindurch und ließ die Pferde nicht aus den Augen. Io hatte sich erhoben und dabei Sol aufgeweckt, der tatsächlich im Gras gelegen hatte und nun auf die Beine kam. Ausgiebig streckte und schüttelte sich der Kleine. Darius prustete zufrieden und warf den Kopf. Offenbar juckte eines seiner Ohren, denn er streckte sich und hob das Hinterbein, um sich mit der Hufspitze am Ohr zu kratzen. Er tat es ganz langsam, um nicht das Gleichgewicht zu verlieren. Lara liebte diesen Anblick, auch wenn sie das Ohrenkratzen schon so oft gesehen hatte. Auf gleicher Höhe, aber durch den Zaun abgetrennt, grasten Jupiter und Kallisto beinahe Nüster an

Nüster, bis Jupiter seinem Sohn den Kopf über den Hals legte und zum Mähnekraulen aufforderte. Beide Ponys glichen sich von der schokoladenbraunen Fellfarbe und der kräftigen Figur bis zu der schmalen Blesse, wie sich nur Vater und Sohn gleichen konnten, obwohl Jupiter im Alter natürlich etwas hager und kantig geworden war.

Fina war inzwischen langsam, aber beharrlich ganz auf die Decke gerobbt. Während Lara ihre Füße an dem Rücken der Hündin wärmte, presste Fina ihre Schnauze gegen Lias Knie und ließ sich von Moritz hinter den Ohren kraulen. Plötzlich zuckte sie zusammen und hob den Kopf.

„Was war das?“, flüsterte Lia erschrocken. „Kommt da jemand?“

Lara hatte schnell nach Finas Halsband gegriffen und hielt sie fest.

„Pssst, Fina, sei still!“, befahl sie leise. „Seht ihr das? Dort drüben! Am Mühlbach!“

Moritz ließ Laras Schultern los und beugte sich zur Seite, um besser sehen zu können. Verblüfft flüsterte er: „Da ist ein Mädchen!“

Es war ein groß gewachsenes Mädchen mit einer stämmigen Figur, sie trug Jeans und Reitstiefel. Sie kam nicht vom Hof her, sondern über die hinteren Weiden, hastig eilte sie am Ufer entlang. Jetzt stieg sie durch den Zaun in Jupiters Weide. Der Hengst warf den Kopf auf und schnaubte misstrauisch. Er war es nicht gewohnt, von dieser Seite Besuch zu bekommen. Scharf stieß er die Luft durch die Nüstern und alarmierte damit die anderen Pferde, die die Köpfe hochrissen und angespannt zu dem Mädchen hinüberstarrten. Stella rief Sol mit einem dunklen Wiehern zu sich, und er gehorchte sogar und trabte zu ihr. Jupiter tänzelte beunruhigt auf das Mädchen zu, das stehen geblieben war und den wachsamen Hengst ängstlich beobachtete. Als sie ihm ein paar beruhigende Worte zurief, entspannte er sich und schnaubte erleichtert. Gleich darauf begann er weiterzugrasen.

Lara konnte es kaum glauben. „Er kennt sie schon! Es stört ihn überhaupt nicht, dass diese Fremde über seine Weide läuft!“, stieß sie fassungslos hervor.

Die anderen Pferde folgten Jupiters Beispiel und senkten ihre Köpfe ins Gras. Das Mädchen stieg durch den zweiten Zaun, der Jupiter und Kallisto von den anderen trennte, und ging langsam auf Stella zu.

Lia verfolgte ihren Weg mit zusammengekniffenen Augen. „He, erkennt ihr die nicht?“

„Pst!“, zischte Lara und stieß ihre Freundin an. Lias Stimme war vor Aufregung schrill geworden. „Sei ruhig, sonst hört sie uns.“

„Erkennt ihr sie denn nicht?“, stammelte Lia außer sich.

Lara hatte das Gefühl, dass sie das Mädchen schon einmal gesehen hatte. Irgendwo, wo auch Pferde gewesen waren. Wer war sie? Als das Mädchen näher kam und Stella mit ausgestrecktem Arm zu sich lockte, fiel es ihr schlagartig wieder ein. Die stämmige Figur, das hellbraune, kinnlange Haar, dieser verbissene Gesichtsausdruck ...

„Das ist Mirja!“, flüsterte sie aufgebracht. „Die Angeberin aus der Springstunde!“

Moritz stöhnte leise auf. „Ich hatte gehofft, wir blieben von ihr verschont!“

Stella trat dem Mädchen mit gespitzten Ohren entgegen und ließ sich einen Leckerbissen geben. Mirja schlang die Arme um Stellas Hals und legte das Gesicht an ihre Mähne.

„Was fällt der ein!", zischte Lia wütend. „Warum geht sie nicht zu ihrem eigenen Pferd? Was will sie von Stella?"

„Sich ausheulen, wie's aussieht", sagte Moritz verblüfft.

Mirja stand völlig in sich zusammengesunken da, und nun begannen ihre Schultern krampfhaft zu zucken. Das verzweifelte Schluchzen war bis zum Versteck der Freunde zu hören. Als sie sich endlich wieder aufrichtete und die Augen abwischte, war ihr verquollenes Gesicht trotz der Entfernung gut zu erkennen. Sie sah verloren und deprimiert aus, und nichts erinnerte in diesem Augenblick an das arrogante, schnippische Mädchen aus der Springstunde. Lara hielt die Hand noch immer fest um Finas Halsband. Die Hündin winselte nervös. Sie spürte, dass dort drüben etwas nicht mit rechten Dingen zuging.

Lara fühlte sich unbehaglich, weil sie das Mädchen in so einer persönlichen, fast intimen Situation beobachteten. „Sie kann einem fast Leid tun. Obwohl es das Letzte ist, sich einfach zu fremden Pferden zu schleichen. Es scheint, als hätte sie ein echtes Problem."

Moritz griff nach ihrer Hand auf dem Halsband. Seine Finger waren schlank und kräftig, der Druck seiner Hand war warm und lebendig. Lara genoss es dankbar.

Auch Lia ließ das Mädchen nicht aus den Augen. „Vielleicht ist sie verknallt, und er hat sie verlassen? Stella versteht das!" Wie oft hatte sie selbst Zuflucht bei Stella gesucht, als sie in den jungen Schauspieler Tim verliebt gewesen war – hoffnungslos und unglücklich verliebt. Inzwischen war Lia über diesen Liebeskummer hinweg, aber sie hatte nicht vergessen, wie gut ihr damals Stellas Wärme und ihre tröstende Nähe getan hatten.

Das Mädchen zog etwas aus der Hosentasche; ein Bündel Schnüre, die sich, als sie sie zu ordnen begann, als ein

Schnurhalfter mit einem langen dünnen Strick entpuppten. Mirja trat neben Stella, klopfte ihr zärtlich den Hals und legte ihr das provisorische Halfter an.

Bei allem Mitleid, das war zu viel für Lia. „Jetzt reicht's!“, zischte sie wütend und sprang auf. „Die schnappe ich mir!“

Sie rannte los, auf Stella und das Mädchen zu. Sol ergriff die Flucht, als Lias schmale Gestalt überraschend das Unterholz durchbrach. Io und Darius begnügten sich mit einem Satz zur Seite, sie schnaubten erleichtert, als sie Lia erkannten. Stella hob den Kopf und wieherte ihr freudig entgegen. Mirja fuhr herum und starrte mit aufgerissenen Augen auf Lia, die wie ein Irrwisch auf sie zuraste. Hilflos umklammerte sie den dünnen Führstrick.

„Lass sofort mein Pony los!“, schrie Lia. „Lass es auf der Stelle los!“

Mirja riss das Halfter von Stellas Kopf und wich ängstlich zurück. Ihr verweintes Gesicht war blass geworden. Sie starrte an Lia vorbei auf Lara und Moritz, die sich beide in Finas Halsband stemmten, während die große Hündin sie hechelnd und knurrend vorwärts zog.

„Du wolltest sie wieder reiten, stimmt's?“, rief Lia. „Offenbar hast du ein Problem, aber das ist deine Sache. Wie kannst du es wagen, dich an ein fremdes Pferd heranzumachen. Wir haben die Polizei informiert, so etwas ist strafbar. Außerdem kennst du Stella gar nicht! Mal angenommen, sie hätte eine Verletzung oder etwas anderes und dürfte gar nicht geritten werden! Weißt du, was du dann angerichtet hättest!“

Lias Worte gingen ins Leere. Mirja stand erstarrt da und blickte auf die gewaltige Hündin, die offensichtlich kaum zu bändigen und von zwei Menschen nur schwer zu halten war. Schritt für Schritt wich das Mädchen zurück und wäre fast über einen Maulwurfshügel gestolpert. Lara traute Fina im Grunde nicht zu, dass sie der Fremden etwas tun würde, aber seit die Hündin einmal den Reitlehrer Bente gefährlich knurrend in Schach gehalten hatte, wollte sie es nicht darauf ankommen lassen. Mirja drehte sich um und rannte davon. Über den verborgenen Pfad, auf dem sie gekommen war, flüchtete sie über die hinteren Weiden.

„Wage dich nicht noch einmal auf unsere Weide!", rief Lia ihr schrill nach. „Lass dich hier nicht wieder sehen!"

Moritz und Lara ließen die Hündin los, und Lara rieb sich die schmerzende Hand. Fina begnügte sich mit einer kurzen Verfolgung. Sol hatte sich von seinem Schrecken erholt und forderte die Hündin zum Spielen auf. Er machte einen Scheinangriff und drehte sich auf der Hinterhand. Fina tat ihm den Gefallen und nahm heiser bellend die Verfolgung auf. Sehr lange hielt sie mit dem schnellen Fohlen allerdings nicht Schritt.

„Die wagt sich nie wieder hierher", sagte Moritz zufrieden. „Sie hatte Angst vor Fina, habt ihr's gesehen?"

„Und vor Lia erst!" Lara kicherte. „Weißt du, dass du richtig toll aussiehst, wenn du wütend bist?"

Lia hob die Schultern. „Macht euch nur lustig über mich! Ich möchte euch erleben, wenn jemand heimlich Jupiter oder Kalle reitet!"

Lara umarmte sie schnell. „Klar, das würde mich auch stinkwütend machen. Aber ich bin froh, dass wir jetzt wissen, mit wem wir es zu tun haben. Doch warum macht sie das? Sie hat doch ein eigenes Pferd, oder nicht? Warum kommt die ausgerechnet hierher zu uns? Heimlich, im Morgengrauen. Na, das werden wir rauskriegen."

Das Versprechen

Wie konnten sie das Geheimnis um Mirja aufdecken? Eine erste Möglichkeit ergab sich schon wenige Stunden später in der Schule. In einer Pause warteten Lara und Lia die Lehrerin Claudia Mende, Mirjas Mutter, vor dem Lehrerzimmer ab; allerdings ohne so recht zu wissen, was sie sie fragen sollten. Da mit Mirja ganz offensichtlich etwas nicht stimmte, erschien es ihnen nicht ratsam, offene Fragen zu stellen. Claudia Mende bugsierte den Stapel Bücher, den sie auf dem rechten Arm trug, geschickt auf den linken und lächelte. Sie war das Gegenteil ihrer dicklichen, mürrischen Tochter: schlank und zierlich und fast immer gut gelaunt.

„Hallo, Lia! Hast du noch jemanden für die AG gewinnen können?“ Sie sah Lara offen an.

„Vielleicht“, sagte Lia ausweichend. „Lara weiß noch nicht genau ...“

Claudia Mende lächelte Lara an. „Komm einfach mit, Lara! Du wirst sehen, es wird dir Spaß machen.“

„Das sagt Lia auch“, sagte Lara. „Aber ich habe so wenig Zeit!“

Claudia Mende richtete den Bücherstapel neu aus. Bestimmt wäre sie ihn gern losgeworden. Er sah furchtbar schwer aus. Die Lehrerin warf einen Blick zur Tür. „Keine Zeit? Hast du andere Hobbys?“

Das ging besser, als sie gehofft hatten! Jetzt mussten sie schnell verhindern, dass die Lehrerin sich ins Zimmer zurückzog, bevor sie etwas von ihrer Tochter Mirja erfahren hatten.

„Wir haben Pferde in der Roten Mühle", sagte Lara schnell. „Und ich habe ein eigenes Pony, das mir gehört."

Frau Mende nickte verständnisvoll. „Oh, ich verstehe. Ein Pferd kostet sehr viel Zeit. Aber das Reiten ist ein wunderbares Hobby. Meine Tochter Mirja ..." Sie brach mitten im Satz ab. Ihr Lächeln erlosch, und sie wandte sich der Tür zu.

„Hat Mirja ein eigenes Pferd?", fragte Lia sofort.

Die Lehrerin drehte, die Hand schon an der Klinke, den Kopf leicht zu Seite. „Wir haben das Pferd nicht mehr. Mirja hat das Reiten aufgegeben. Also, Lara, ich würde mich freuen, wenn auch du Theater spielen willst. Entschuldigt mich, ich muss mich jetzt auf die nächste Stunde vorbereiten."

Schon drückte sie die Tür auf und schlug sie hinter sich zu. „Hat das Reiten aufgegeben ...", wiederholte Lia flüsternd. „Aber warum? Sollen wir anklopfen und sie danach fragen?"

Lara schüttelte den Kopf. „Lieber nicht. Hast du ihr Gesicht gesehen? Sie sah plötzlich sehr besorgt aus. Mit Mirja muss etwas geschehen sein. Es ist bestimmt keine gute Idee, wenn wir ihre Mutter darauf ansprechen."

Lia dachte einen Augenblick nach. „Könnte sein. Lass uns besser am anderen Ende weitermachen."

„Am anderen Ende?" Lara verstand nicht.

Lia lachte. „Damit meine ich das Pferd. Immerhin hat Mirja eins gehabt. Und das muss irgendwo gestanden haben. Wir müssen nur rausfinden, in welchem Stall. Wenn wirklich etwas passiert ist, ein Unfall vielleicht, werden wir es erfahren."

Als sie Moritz in der nächsten Pause von dem Gespräch berichteten, kam ihm ein Gedanke. „Vielleicht war es kein Zufall, dass Mirja neulich beim Springen zugesehen hat. Ist doch möglich, dass sie und Lars König sich kennen."

Lara dachte nach. „Vielleicht hat sie Reitstunden bei ihm gehabt?"

„Oder ihr Pferd stand in dem Privatstall, in dem Lars arbeitet", überlegte Lia. „Hast du eine Ahnung, wie der Stall heißt, Moritz?"

Moritz kannte den Stall nicht. „Aber ich weiß, wer uns helfen kann. Birgit muss das wissen!"

Er wollte am Nachmittag auf dem Weg zur Roten Mühle beim Reitverein Halt machen. Es war nur ein kleiner Umweg, doch Moritz ließ sich Zeit.

Lara vertrieb sich das Warten im Gästestall. Inzwischen war ein weiteres Kurspferd dazugekommen.

Sie karrte frisches Stroh herbei, während Heiner Siebert den Mist aus der Box des Neuen in eine Schubkarre gabelte. Das Pferd, ein falbfarbener Norweger, betrachtete Heiners Tätigkeit mit interessierter Miene. Auf einem Heuhaufen vor der Nachbarbox lag Fina zusammengerollt und fiepte im Schlaf. Lia hatte sich noch nicht blicken lassen. Wahrscheinlich musste sie Angela wieder mit den Gästezimmern helfen, vermutete Lara. Der hübsche Norweger schnaubte und wandte ihr den Kopf zu, als sie die Mistkarre abstellte. Sein freches Gesicht gefiel ihr sehr. Sie streckte die Hand aus und kraulte seine Nase, bis er die Oberlippe zu einem Rüssel vorstülpte und Lara zum Lachen brachte. Auch Heiner musste lachen. Er unterbrach seine Arbeit und schob die Schirmmütze zurück, um sich die Stirn abzuwischen.

„Ein lustiges Pferd", murmelte er beifällig und fügte

hinzu: „Wo bleibt Moritz? Er lässt dich doch sonst nicht warten."

Lara war dazu übergegangen, dem Falben sanft über die Oberlippe zu streichen. Das gefiel ihm besonders. Sie war auf der Hut, falls er seine Zähne einsetzen wollte. Aber er begnügte sich mit dem borstigen „Rüssel", als er versuchte nach ihren Fingerspitzen zu angeln.

„Moritz ist zum Verein gefahren", erklärte sie. „Er will versuchen, etwas über diese Mirja rauszufinden."

Heiner griff kopfschüttelnd nach der Forke. „Was sich das Mädel wohl dabei gedacht hat! Sich einfach auf ein fremdes Pferd zu setzen!"

Der Schwung, mit dem er die Gabel ins Stroh stieß, war ein Hinweis auf seine Verärgerung. Heiner war in allem peinlich genau und sorgfältig und konnte es nicht ausstehen, wenn etwas Unrechtes geschah. Die anderen Erwachsenen hatten gelassener reagiert. Joscha war fast erleichtert gewesen, dass der unbekannte Eindringling nur ein fremdes, ziemlich verstörtes Mädchen war.

Lara hatte gerade die nächste Fuhre Stroh herbeigeschafft, als Fina mit einem fröhlichen Laut aufsprang und die Stallgasse hinunterlief. Gleich darauf kehrte sie an Moritz' Seite zurück und hechelte vor Eifer und Anstrengung nach den Freudensprüngen, mit denen sie Moritz begrüßt hatte. Insgeheim beneidete Lara die Hündin, die ihre Stimmungslage stets so ungezwungen zeigen durfte. Am liebsten wäre sie selbst losgerannt und Moritz stürmisch um den Hals gefallen. Doch sie wusste, dass er keine überschwänglichen Begrüßungen mochte, und begnügte sich daher mit einer sanften Umarmung.

Moritz schob Fina beiseite, um den Weg für Heiner freizumachen, der die volle Mistkarre fortbringen wollte.

„Birgit kennt das Pferd nicht, aber sie will Lars fragen. Und sie hat mir beschrieben, wo dieser Stall Eichengrund liegt, in dem er arbeitet. Dort können wir weiterforschen!" Seine blauen Augen blitzten vor Vergnügen; das Detektivspiel machte ihm eine Menge Spaß.

Lia fand das Herumschnüffeln auch sehr aufregend. Sie erschien kurz nach Moritz und wollte sofort aufbrechen. Laras gute Laune begann zu sinken. Mit einem Mal fand sie es unerträglich, auf welche Weise Lia Moritz ansah. War es nicht so, dass sie ihn richtig anhimmelte? Mit einem glühenden Blick der Art, die sie bisher ausschließlich für den Schauspieler Tim übrig gehabt hatte. Als sich Lia zu allem Überfluss bei Moritz und Lara einhakte und beide mit einem fröhlichen „Auf geht's!" mit sich ziehen wollte, war es mit Laras Geduld vorbei. Wütend riss sie sich los.

„Was ist denn los?", fragte Lia verblüfft, ohne Moritz' Arm loszulassen.

Moritz war ebenso erstaunt. Er sah von Lara auf Lia und machte keinen Versuch, sich aus Lias Griff zu befreien. Am liebsten hätte Lara beide auseinander gerissen. Bisher hatte es sie nicht gestört, wenn Lia und Moritz miteinander herumgealbert und sich auch einmal in den Arm genommen hatten, aber bis vor kurzem war dabei immer Tim anwesend gewesen – zwar nicht körperlich, aber fest in Lias Gedanken. Jetzt spielte Tim keine Rolle mehr für Lia, und jeder halbwegs vernünftige Junge musste Lia umwerfend finden. Moritz hatte sich bisher weder über Lias Wesen noch über ihre Figur geäußert ... Dass er zu Lara neulich gesagt hatte, wie sehr ihm ihre glatten schwarzen Haare gefielen, konnte sie im Augenblick nicht trösten. Woher sollte sie wissen, wie Moritz das gemeint hatte?

Vielleicht nur als Trost, weil er sie ansonsten schrecklich unscheinbar fand? Sie starrte ihn so zornig an, dass er nun doch den Arm aus Lias Griff wand und beunruhigt fragte, was mit ihr los wäre.

Fast wäre sie mit ihrer Eifersucht herausgeplatzt, nahm sich dann aber doch zusammen. Lia starrte sie mit gerunzelter Stirn an.

Lara sagte ausweichend: „Ich dachte, wir wollten zuerst ausreiten ..." Das klang wenig überzeugend, sie spürte es selbst.

„Lass uns das Reiten auf später verschieben", sagte Moritz, noch immer etwas verwirrt. „Erst einmal will ich etwas über Mirjas Pferd erfahren. Vielleicht auch über sie selbst. Du warst doch auch ganz gespannt darauf. Also, was ist? Kommst du mit oder nicht?"

Der Tonfall des „oder nicht" verriet, wie gereizt er jetzt war. Das gab es selten bei Moritz.

Also doch!, durchfuhr es Lara. Er legt gar keinen Wert darauf, dass ich mitkomme; viel lieber will er mit Lia allein unterwegs sein.

„Geht doch allein!", fuhr sie ihn an. Sie machte kehrt und rannte aus dem Stall, ohne sich darum zu kümmern, dass Lia sie zurückhalten wollte. Moritz' Bemerkung, sie sei übergeschnappt, hörte sie ganz deutlich. Hinter dem Tor ging sie langsamer, um ihm die Gelegenheit zu geben, sie vielleicht einzuholen, aber die einzige, die ihr folgte, war Fina. Lara spürte die feuchte, kalte Hundenase an ihrem Handgelenk und vergrub die Finger im Nackenfell der Hündin. Endlich sah sie sich verstohlen um, aber Moritz ließ sich nicht blicken. Erst als sie bereits die Kastanien erreicht hatte, trat er aus der Scheune heraus. Rasch duckte sich Lara hinter die Bank. Zu leicht wollte sie es ihm schließlich nicht machen. Doch anstatt nach ihr zu suchen, stieg er auf sein Fahrrad. Gleich darauf erschien Lia, ebenfalls auf dem Rad, und radelte mit munterem Klingeln an ihm vorbei. Mit wenigen Tritten hatte Moritz sie eingeholt, und dicht nebeneinander fuhren sie durch die Ausfahrt hinaus auf die Landstraße.

Lara schaute ihnen fassungslos nach. Im ersten Moment hatte sie geglaubt, Moritz würde sich nur einen Scherz erlauben, doch als sich in den nächsten Minuten nichts tat, wurde ihr klar, dass die beiden tatsächlich das machten, was sie selbst vorgeschlagen hatte: ohne sie zu fahren. Und sie konnte ihnen noch nicht einmal folgen, weil sie keine Ahnung hatte, wo dieser Stall Eichengrund lag. Enttäuscht und wütend setzte sie sich auf die Bank. Fina kroch ihr mit den Vorderbeinen auf den Schoß und erdrückte sie fast in dem Bemühen, sie zu trösten. Lara nahm Fina fest in die Arme und legte ihr Gesicht an das raue Fell der großen Hündin.

Erst als Fina unruhig wurde, sah Lara auf. Vor ihr stand Angela, einen gefüllten Einkaufskorb im Arm, und sah sie besorgt an. „Auf der Straße sind mir Lia und Moritz begegnet. Sie schienen es eilig zu haben. Was ist los?“

Als Lara keine Antwort gab, stellte Angela den Korb ab und setzte sich zu ihr. Fina robbte auf Laras Knien ein Stück weiter vor, damit Angela ihre breite Hundestirn streicheln konnte.

„Ihr seid doch sonst unzertrennlich. Habt ihr euch gestritten?“, fragte Angela ahnungsvoll.

Laras Tränen begannen zu fließen. Sie fühlte sich kindisch und albern, konnte aber nichts dagegen tun.

Angela reichte ihr ein Taschentuch. „Hat es mit Moritz zu tun?“

Lara schniefte und nickte zögernd.

Angela seufzte mitfühlend. „Bisher habt ihr euch so gut verstanden. Ich hatte schon gehofft, bei euch wäre es nicht so schwierig wie bei anderen jungen Leuten. Aber das gibt es wohl nicht.“ Sie reichte Lara fürsorglich ein zweites Taschentuch. Ob sie über ihren Kummer sprechen wollte?, fragte sie.

Lara wischte sich über das Gesicht und schüttelte stumm den Kopf.

Angela legte ihr liebevoll den Arm um die Schultern. „Du weißt, dass du jederzeit zu mir kommen kannst. Niemand würde von unseren Gesprächen erfahren, das verspreche ich dir. Auch Lia nicht, wenn du nicht willst.“ Sie wartete Laras zaghaftes Nicken ab, bevor sie fragte: „Möchtest du als Trost etwas Nettes hören?“

Eigentlich kümmerte Lara im Augenblick nichts anderes als ihre eigenen Sorgen. Und etwas „Nettes“ interessierte sie nicht. Aber sie mochte Angela zu gern, um sie zurückzuweisen.

„Was ist es?“, fragte sie und griff nach dem nächsten Taschentuch, um sich die Augen zu trocknen.

Angela lächelte. „Ich habe einen Begleiter für die Oper gefunden. Rat mal!“

„Keine Ahnung. Einer deiner Malschüler?“

„Nein, nein“, sagte Angela und kicherte wie ihre Tochter. „Rate doch!“

Lara zerknüllte das Taschentuch. „Ich hab keine Lust zum Raten.“

Das sah Angela ein. „Also gut, ich sage es dir. Jakob wird mitgehen!“

Diese Nachricht munterte Lara wirklich ein wenig auf. „Mein Vater war seit seiner Scheidung nicht mehr im

Theater und er ist schon Jahre vorher freiwillig nicht mehr in der Oper gewesen."

Angelas Lächeln hatte etwas Strahlendes. „Von freiwillig kann nicht die Rede sein. Ich musste ihm ordentlich zureden. Aber endlich hat er eingewilligt. Und weißt du was? Auf diese Aufführung freue ich mich wie ein kleines Kind. Obwohl ich oft glaube", sagte Angela ernst, „dass dein Vater und ich ... dass es besser wäre, wenn wir nicht zu viel zusammen wären."

„Weil ihr euch immer streitet?", fragte Lara nüchtern.

„Nein", widersprach Angela entschieden. „Nicht, weil wir uns streiten. Sondern weil ich vielleicht irgendwann aus dem gleichen Grund hier sitzen und heulen werde wie du."

Lara war nicht ganz sicher, ob sie Angela richtig verstanden hatte. „Aber ich habe ... ich meine, ich sitze hier wegen Moritz", bekannte sie stotternd. „Weil ich nicht sicher bin, ob er mich genauso gern hat wie ich ihn ..."

Angela lächelte wehmütig. „Genau das ist es ja. Ich stelle mir oft die gleiche Frage, wenn ich an deinen Vater denke. Das muss aber unbedingt unter uns bleiben, Lara, ein Geheimnis zwischen dir und mir. Versprich es mir."

Zwiegespräch mit Jupiter

Angela trug ihre Einkäufe ins Haus, und Lara blieb nachdenklich auf der Bank sitzen. Die Neuigkeit hatte sie von ihrem Streit abgelenkt. Sie fand es tröstlich, dass eine Frau wie Angela ähnliche Probleme wie sie hatte. Ob ihr Vater eine Ahnung davon hatte, was in Angela vorging?

Joscha zog seinen Bruder gern damit auf, er habe zu

wenig Gespür für „Zwischenmenschliches". Sonst könnte er nicht länger die Augen vor der Tatsache verschließen, dass Marion Weber in ihn verliebt sei. Jakob bestritt dies immer heftig – Marions angebliche Verliebtheit, nicht sein mangelhaftes Gespür natürlich. Lara hoffte inständig, dass er es deshalb nicht wahrhaben wollte, weil ihn Marion Weber nicht interessierte. Gegen Angela war sie einfach eine Null, fand Lara. In diesem Augenblick fuhr ein gelber Porsche auf den Hof, mit Marion Weber am Steuer. Ausgerechnet! Lara wischte sich hastig die Augen trocken. Gegen die roten Flecken im Gesicht, die sie jetzt mit Sicherheit hatte, ließ sich nichts machen, aber zum Verschwinden blieb keine Zeit mehr. Marion war bereits ausgestiegen, und der Weg zu Jakobs Werkstatt führte an den Kastanien vorbei.

Marion hob den Arm und winkte Lara flüchtig mit den Fingerspitzen zu. Dieses affige Benehmen passt bestens zu den Klamotten, die sie trägt, dachte Lara, lauter aufgedonnertes, buntes Zeug. Wenn sie erst auf der Weide gewesen ist, dachte Lara, werden ihre Sachen nicht mehr so neu aussehen. Zu gern schnupperte Schneewittchen mit vom Gras beschmiertem Maul an Jackenärmeln herum.

Marion kam rasch näher. „Hast du geweint? Doch nicht wegen der Stute? Frau Doktor Heinz hat mir gesagt, es ginge Rapunzel nicht gut. Na, sie ist eben sehr alt."

Du herzloses Biest!, dachte Lara. Sie schüttelte den Kopf. „Es ist wegen ... was anderem. Rapunzel geht es wirklich nicht besonders. Aber heute Morgen hat sie wenigstens gefressen. Wenn Sie gleich nach ihr sehen ..."

Marion Weber unterbrach sie. „Dafür bleibt mir jetzt keine Zeit. Ich wollte nur auf einen Sprung bei deinem Vater reinschauen. Ich hab etwas für ihn."

Sie griff in die Jackentasche und zog eifrig zwei Theaterkarten hervor. Die Farben und der Aufdruck kamen Lara bekannt vor. Fröhlich wedelte Marion Weber damit in der Luft herum. „Du kannst dir nicht vorstellen, was ich in Gang setzen musste, um so kurzfristig an diese Karten zu kommen. Die Premiere der Zauberflöte! Ich freue mich wahnsinnig."

„Sie wollen meinen Vater dazu einladen?", fragte Lara.

„Ich weiß, er mag keine Opern. Aber mit mir wird er gern hingehen", verkündete Marion. Mit zuversichtlichem Gesicht wandte sie sich ab und ging mit schnellen Schritten auf die Werkstatt zu. Jakob hatte sie bereits gesehen und öffnete die Tür. Offenbar war Marion tatsächlich in Eile, denn sie ließ sich nicht hineinbitten, sondern hielt ihm ohne Umschweife die Karten vor die Nase. Lara war zu weit entfernt, um das kurze Gespräch verstehen zu können, aber die Gesten verrieten ihr genug. Marion machte brüsk kehrt und ging sehr schnell wieder zu ihrem Wagen zurück. Gleich darauf fuhr der Porsche mit quietschenden Reifen aus der Einfahrt. Das geschieht ihr recht!, dachte Lara befriedigt. Dumme Tussi!

Jakob war vor der Tür stehen geblieben und winkte seiner Tochter zu. Langsam schlenderte Lara zu ihm hinüber.

„Ich habe Marion beleidigt", sagte er zerknirscht. „Du, das tut mir echt Leid."

„Warum denn?", schnappte Lara. „Das macht der Weber doch im Grunde gar nichts aus!"

„Na, ich weiß nicht", sagte Jakob unschlüssig. „Angela hat mich jedenfalls auch eingeladen." Jakob warf Lara einen schnellen Blick zu. „Glaubst du, Angela wäre sehr enttäuscht gewesen, wenn ich abgesagt hätte?"

Lara stellte lieber eine Gegenfrage. „Mal angenommen,

Marion hätte dich als Erste gefragt, wärst du mit ihr gegangen?"

Er streckte die Arme aus und zog seine Tochter an sich. „Marion zuliebe würde ich in keine Oper der Welt gehen. Drei Stunden still sitzen? Nein! Angela ist die einzige Frau, für die ich so ein Opfer bringe. Um Himmels willen, Lara, das muss unter uns bleiben! Kein Wort zu Lia und erst recht nicht zu Angela. Versprichst du mir das?"

So kam es, dass Lara zum zweiten Mal an diesem Tag ein Versprechen gab. Inzwischen kam ihr der Krach mit Moritz unendlich dumm und vollkommen überflüssig vor. Zu gern hätte sie auf der Stelle alles wieder gutgemacht, ungeduldig wartete sie auf das Fahrradklingeln, mit dem Moritz sich gern ankündigte. Zum Reiten war sie jetzt viel zu angespannt, daher ging sie auf die Weide hinaus. Jupiter hob den Kopf und kam ihr ein Stück entgegen, um wie gewohnt die letzten Schritte ihr zu überlassen. Er schnaubte, wartete mit höflicher Zurückhaltung ab, bis sie ein Stück trockenes Brot aus der Tasche gezogen hatte, und nahm es vorsichtig von ihrer flach ausgestreckten Hand. Als sie sich in das sonnenbeschienene Gras setzte, blieb er bei ihr und weidete dicht um sie herum, als hätte sie sich ausgerechnet auf den schmackhaftesten Halmen niedergelassen.

Sie sah liebevoll an ihm hoch. Ihr Blick glitt an den kräftigen Beinen entlang bis zu dem breiten, starken Rücken hinauf. Schon oft hatte sie Jupiter ohne Sattel geritten, aber noch niemals auf der Weide, die sein ureigenes Reich war. Was würde er tun, wenn sie sich auf seinen Rücken setzen würde? Er trug kein Halfter, und sie hatte nicht einmal einen Strick dabei. Würde er davongaloppieren und versuchen sie abzuwerfen? An diesem Ort war er der Boss und durfte sich nach seinem Willen frei bewegen. Würde er sie dulden?

Was half es, noch länger darüber nachzudenken? Entschlossen stand sie auf und stellte sich neben das Pony, packte mit beiden Händen in die dichte schwarze Mähne und schwang sich auf seinen Rücken. Jupiter bog den Hals herum und schnupperte an Laras Knie und an ihrer Hand, die sie ihm entgegenstreckte. Er spannte sich, als würde er auf den Befehl zum Antreten warten, doch als sie sich still verhielt, schnaubte er und senkte den Kopf um weiterzugrasen.

Bald darauf war er satt und hob den Hals in die Waagerechte. Sie spürte, wie sich die Kruppe auf einer Seite absenkte, als er zum Ruhen ein Hinterbein abknickte. Offenbar war es an der Zeit für ein Nickerchen im Stehen. Der freundliche Passagier auf seinem Rücken schien ihn nicht im Geringsten zu stören. Lara überlegte. Konnte sie sich auch ausruhen? Langsam beugte sie sich hinunter, bis sie mit dem Oberkörper auf seinem Hals lag. Zur Sicherheit hielt sie sich an seiner Mähne fest. Doch Jupiter rührte sich nicht von der Stelle. Er streckte den Kopf vor und gähnte zwei Mal ausgiebig mit weit aufgerissenem Maul. Durfte sie es sich noch gemütlicher machen? Vorsichtig winkelte sie die Beine an und zog die Waden auf Jupiters Rücken hinauf, bis ihre Füße entspannt auf seiner kräftigen Kruppe ruhten. Nun musste auch sie gähnen. Schläfrig schloss sie die Augen. Wie wunderbar, so lang ausgestreckt auf dem warmen Ponyrücken zu liegen, seinen guten warmen Duft einzuatmen und die gleichmäßigen Atemzüge zu spüren. So etwas konnte man nicht mit jedem Pferd oder Pony wagen, das wusste Lara genau. Aber Jupiter war seit vielen Jahren ihr vertrauter Freund. Er schien sich über seinen Gast zu freuen, sonst wäre er nicht so gelassen geblieben. Um sie in dieser Lage abzuschütteln, hätte ein schneller Schritt zur Seite genügt.

Sie ließ die Augen geschlossen, als sie ein leises Prusten hörte und gleich darauf zart ans Knie gestupst wurde. Sie lächelte und sah sich nach dem Besucher um. Kallisto betrachtete den Gast auf dem Rücken seines Vaters mit langem Hals und wach gespitzten Ohren. Nun näherte er sich wieder und stieß sie kräftig mit der Nase an. Ihre ungewohnte Haltung schien ihn zu erstaunen. Jupiter legte die Ohren zurück und spannte die Lippen an. Mehr war nicht nötig, um seinen Sohn in die Schranken zu weisen. Der junge Wallach wandte sich mit einem Schnauben ab und zog zum Mühlbach davon.

In der Silberweide krächzte warnend ein Eichelhäher, und als Lara zum Himmel hinaufblickte, entdeckte sie hoch oben einen einsam kreisenden Roten Milan. Sie blieb ruhig liegen und schloss noch einmal die Augen. Sie wollte über ihren Vater und Angela nachdenken. Ob dieser Opernbesuch der erste Schritt zu einer engeren Freundschaft werden würde? Es wäre so schön, wenn Jakob und Angela ... Bevor sie sich das genauer ausmalen konnte, wurde sie wieder leicht am Knie berührt.

„He, Kalle!“, rief sie ohne hinzusehen. „Dir ist wohl langweilig!“

Das Stupsen wurde deutlicher. Jetzt packte das freche Pony den Stoff mit den Zähnen und zupfte an der Hose.

„Zieh mich bloß nicht runter, Kalle!“, sagte Lara mit geschlossenen Augen.

Die Antwort war ein kräftiges Rupfen und ein Prusten und Schnauben. Die Stimme hörte sich allerdings merkwürdig an, nicht unbedingt nach Kallisto. Sollte sie nicht lieber nachsehen? Gleich darauf blickte sie unmittelbar in Moritz' sonnengebräuntes Gesicht, mitten in sein lustiges Lächeln. Kallisto hielt sich brav im Hintergrund.

„Ausgeschlafen?", fragte Moritz spöttisch.

Ob er ihr noch böse war? Sie hatte sich schließlich ziemlich zickig benommen. Aber würde er sie dann so lieb anlächeln? Sie richtete sich hastig auf. „Bist du noch sauer wegen vorhin? Ich begreife selbst nicht, warum ich mich so aufgeführt habe", sagte sie spontan.

Er legte den Kopf ein wenig schief und sah ihr in die Augen. „Schon in Ordnung, Lara. Ich hab auch Mist gebaut. Ich durfte nicht einfach abhauen, finde ich." Mit einer sanften Bewegung streckte er die Hände aus, umfasste behutsam ihre Handgelenke und half ihr vom Pferd herunter.

„Habt ihr etwas Neues erfahren?", fragte sie. Ihr Herz klopfte.

„Den Stall haben wir gefunden, aber sonst ... Lass uns gehen! Lia wartet. Sie leidet schwer unter einem schlechten Gewissen, weil wir dich nicht mitgenommen haben. Komm!"

Lara verabschiedete sich liebevoll von Jupiter, der nun wieder graste, und ging Hand in Hand mit Moritz über die Weide zum Hof hinüber. Unterwegs erzählte er, wie die Erkundungsfahrt verlaufen war. Nach einigem Hin und Her hatten sie den Stall Eichengrund, der sich in einem Fachwerkhof am anderen Ende der Kreisstadt befand, zwar gefunden, dort aber vor dem verschlossenen Hoftor gestanden. Alles hätte sehr nobel ausgesehen, hatte Lia zu berichten, die ihnen mit Halftern beladen entgegenkam. Eine exklusive Anlage mit weißen Wänden und dunklem Holz, roten Geranien vor den Fenstern und im Hof gepflegtes graues Kopfsteinpflaster. Durch das schmiedeeiserne Tor hatten sie zwar eine Reihe von Außenboxen, aus denen neugierige Pferde blickten, erkennen können, aber keinen Menschen, und auf das Klingeln an der Pforte hatte sich niemand gemeldet.

„Wir sollten es morgen noch einmal versuchen“, sagte Lia entschlossen.

Jetzt wollten sie endlich den verabredeten Ausritt machen. Sie holten ihre Ponys und waren eine Viertelstunde später auf dem Weg zum Wald. Jupiter und Stella verhielten sich ausgeglichen wie immer, aber Kallisto war heute besonders munter. Jung und übermütig, wie er war, gab er Moritz keinen Anlass zur Langeweile und schien geradezu nach Dingen zu suchen, über die er sich aufregen konnte. Ein Stapel Düngersäcke, der von einem Landwirt am Feldrand bereitgelegt worden war, beschäftigte ihn besonders. Er stemmte die Hufe in den Boden und blies misstrauisch durch die Nüstern. Als Moritz ihn mit sanftem Druck vorwärts trieb, näherte er sich dem Schreckgebilde mit hohen kurzen Tritten und steil aufgerichtetem Hals. Jeder Muskel war angespannt, und mit den hellwachen Augen, den geblähten Nüstern und der wehenden schwarzen Mähne erinnerte er Lara an einen prächtigen kleinen andalusischen Hengst. Ebenso wie Lia, die ganz locker auf der unerschütterlichen Stella saß, konnte sie den Anblick ungestört genießen. Jupiter kümmerte sich nicht um seinen kribbeligen Sohn. Moritz blieb konzentriert bei der Sache; er kannte sein Pony gut genug, um sich nicht beeindrucken zu lassen. Er hielt die Zügel fein, aber bestimmt in den Händen und legte die Waden deutlich an die Ponyflanken, denn Kallisto sollte nicht auf der Hinterhand ausweichen.

Komm ins Land der
Pferdeabenteuer
Schneider Buch
www.schneiderbuch.de

Ein Pony für drei

Neue Serie!

Christa Schütt

Das schönste Fohlen von allen

***Ein Pony für drei,** Band 3*

Endlich ist es so weit: Für Nicki, Jan und Lena beginnen aufregende Ferien auf dem Ponyhof der Voigts. Neben Reitunterricht stehen Ausritte, Treckerfahrten und ein Tag der offenen Tür in Janas Reitverein auf dem Programm. Nur die mit Spannung erwartete Geburt von Ladys Fohlen lässt auf sich warten ...

112 Seiten, DM 11,95/öS 87,-

Christa Schütt

Reiterfest auf dem Storchenhof

***Ein Pony für drei,** Band 4*

Auf dem Storchenhof gibt es aufregende Neuigkeiten. Gitta möchte ihre Schützlinge für das Reitabzeichen anmelden. Nicki, Jan und Lena stürzen sich mit Feuereifer in die Vorbereitungen. Doch damit nicht genug: im Anschluss an die Prüfung soll ein Verkleidungswettbewerb mit Pferden stattfinden!

112 Seiten, DM 11,95/öS 87,-

Hans Peterson

Ein Pony für Adam

Adam kann sein Glück kaum fassen: Sein Vater hat ihm ein Pony geschenkt! Von nun an unternimmt Adam mit Fjordi jeden Tag lange Ausritte in die Berge und besteht viele Abenteuer mit ihr. Aber eines Tages geschieht etwas wirklich Schlimmes: Fjordi wird entführt. Erst nach einer aufregenden Verfolgungsjagd kann Adam sein Pony befreien.

128 Seiten, DM 12,95/öS 95,-

K. M. Peyton

Ponyliebe auf den zweiten Blick

Als Carries Eltern das Pony Robin aufgrund von Geldsorgen verkaufen müssen, bricht für Carrie eine Welt zusammen. Einige Zeit später schenkt ihr ein Nachbar ein verwahrlostes Pony. Carrie weiß, dass das Tier ihre Hilfe braucht, aber erst als es dem kleinen Pferd immer schlechter geht, überwindet Carrie sich endlich – und entdeckt die Ponyliebe auf den zweiten Blick.

96 Seiten, DM 12,95/öS 95,-

Andrea Pabel

Wolkenmähne sucht Freunde

Ponyhof Kleines Hufeisen,

Band 1

Auf den Ponyhof Kleines Hufeisen kommt ein neues Pferd: die Islandstute Wolkenmähne. Für Sabine ist es Liebe auf den ersten Blick – aber Wolkenmähne gehört einer anderen jungen Reiterin ...

128 Seiten, DM 11,95/öS 87,-

Andrea Pabel

Wo ist Florentine?

Ponyhof Kleines Hufeisen,

Band 3

Die Pferde sind von der Koppel verschwunden! Wurden sie gestohlen und heimlich fortgebracht? Bald finden die Ponyhof-Freunde eine heiße Spur. Nur die Fuchsstute Florentine bleibt verschwunden ...

128 Seiten, DM 11,95/öS 87,-

Ponyhof Kleines Hufeisen

Die Serie umfasst 12 Bände.

Andrea Pabel

Max braucht ein Zuhause

Ponyhof Kleines Hufeisen,

Band 2

Im Pferdestall der alten Mühle finden Sabine und ihre Freunde ein einsames Shetlandpony. Der kleine Schecke Max ist total vernachlässigt. Wird es den Freunden vom Ponyhof gelingen, Max zu retten?

128 Seiten, DM 11,95/öS 87,-

Andrea Pabel

Der neue Reitlehrer

Ponyhof Kleines Hufeisen,

Band 12

Die Reiterkinder vom Ponyhof Kleines Hufeisen sind auf ihren neuen Reitlehrer gespannt. Niemand ahnt, wer das sein wird. Als der junge Mann erscheint, erlebt Sabine die Überraschung ihres Lebens!

128 Seiten, DM 11,95/öS 87,-

Andrea Pabel
Eine Chance für Neschad
Paulas Pferde, *Band 1*

Paula verbringt jede freie Minute auf dem Gestüt Kronberg mit seinen herrlichen Arabern. Eines Tages bekommt Herr Kronberg den schwierigen Hengst Neschad zum Kauf angeboten. Neschad lässt sich nicht reiten und ist äußerst misstrauisch. Paula spürt, dass der Hengst Hilfe braucht.

128 Seiten, DM 12,95/öS 95,-

Andrea Pabel
Jaina in Gefahr
Paulas Pferde, *Band 2*

Paula ist traurig. Jaina, ihre Lieblingsstute vom Gestüt Kronberg, wird an einen arabischen Scheich verkauft und soll bei Galopprennen starten. Einige Zeit später verschwindet die Stute von der Rennbahn, ebenso wie ihr Besitzer. Paula und Benjamin erfahren, dass Jaina nach einer Verletzung zum Schlachter soll-te. Eine dramatische Suche beginnt ...

128 Seiten, DM 12,95/öS 95,-

Paulas Pferde

Die Reihe umfasst 4 Bände.

Andrea Pabel
Ein Sommer mit Pferden
Paulas Pferde, *Band 3*

Martina Albers vom benachbarten Ponyhof möchte einen Wanderritt organisieren. Paula und Benjamin sind von der Idee begeistert. Doch während des Ritts hat Benjamin plötzlich nur noch Augen für ein anderes Mädchen, und Paula wird eifersüchtig. Erst nach einem Unfall merkt sie, was Benjamin wirklich für sie empfindet.

128 Seiten, DM 12,95/öS 95,-

Andrea Pabel
Wo ist Soraja?
Paulas Pferde, *Band 4*

Auf dem Hof der Kronbergs geschehen seltsame Dinge. Morgens stehen einige Pferde verschwitzt auf der Weide. Werden sie nachts etwa heimlich geritten? Paula und Benjamin beobachten die Pferde fast rund um die Uhr, aber eines Tages ist ausgerechnet Benjamins Stute Soraja spurlos verschwunden.

128 Seiten, DM 12,95/öS 95,-

Steven Farley

Das große Versprechen

Blitz und seine Freunde,

Band 1

Danielle Conners wächst mit Pferden auf, und ihren schönen Fuchs Redman liebt sie über alles. Eine Trennung von ihrem Pferd scheint undenkbar. Aber dann wollen die Eltern die Farm in Florida verkaufen und wegziehen, da wird auch für Redman kein Platz mehr sein. Dany ist verzweifelt!

160 Seiten, DM 14,95/öS 109,-

Steven Farley

Entscheidung für Dany

Blitz und seine Freunde,

Band 2

Danys geliebtes Pferd Redman wird verkauft! Er soll schon bald in ein Reitlager im Norde der USA gebracht werden. Dann wird Dany ihn nie wiede sehen. Heimlich macht sie sic nachts und bei strömendem Regen auf, um Redman zurüc zuholen.

160 Seiten, DM 14,95/öS 109,

Blitz und seine Freunde

Steven Farley

Rückkehr auf die Ranch

Blitz und seine Freunde,

Band 3

Dany stehen aufregende Tage bevor. Sie darf mit Alex Ramsay einen Transport von wertvollen Pferden quer durch Amerika begleiten. Doch bis Florida ist es ein weiter Weg, und die Fahrt wird gefährlicher, als Dany und Alex gedacht haben ...

160 Seiten, DM 14,95/öS 109,-

Steven Farley

Rivalen werden Freund

Blitz und seine Freunde,

Band 4

Endlich ist Danys geliebtes Pferd Redman wieder zu Haus Doch als sie den Rotfuchs das erste Mal zu ihrem neuen Pfle gepferd Raven auf die Weide bringt, entbrennt ein heftiger Kampf zwischen den Vollblüter

160 Seiten, DM 14,95/öS 109

Tina Caspari

Zwei unzertrennliche Freunde

Bille & Zottel, *Band 2*

Ihren vierbeinigen Freund Zottel liebt Bille über alles. Zottel ist nicht nur das freundlichste und gutmütigste, sondern auch das klügste Pony der Welt. Bille wünscht sich nichts sehnlicher, als Zottel zu besitzen.

128 Seiten, DM 11,95/öS 87,-

Tina Caspari

Pferdeliebe auf den ersten Blick

Bille & Zottel, *Band 1*

Bille liebt Pferde über alles. Für ihre Lieblinge ist ihr kein Opfer zu groß. Als der stämmige kleine Zottel ihr Pflegepony wird, ist Bille das glücklichste Mädchen der Welt!

128 Seiten, DM 11,95/öS 87,-

Bille & Zottel

Jetzt neu Band 20!

Tina Caspari

Die letzte Hürde

Bille & Zottel, *Band 18*

Zottel ist verschwunden! Die Box des Ponys ist leer. Bille weiß sofort: Das ist einer der berühmten Streiche des pfiffigen Ponys. Zottels Verschwinden hat einen anderen Grund ...

128 Seiten, DM 11,95/öS 87,-

Tina Caspari

Rückkehr nach Wedenbruck

Bille & Zottel, *Band 20*

Jubel auf Groß-Willmsdorf: Bille ist aus Amerika zurückgekehrt. Für Bille beginnt ein neuer Lebensabschnitt – sie wird Reitlehrerin im Internat. Doch da kommt überraschend ein Angebot von einem renommierten Gestüt aus England. Das ist die Chance ihres Lebens! Aber kann sie Groß-Willmsdorf verlassen?

128 Seiten, DM 11,95/öS 87,-

Wendy

Hans G. Franciskowsky

Das Paradies der Reiter

Wendy, *Band 1*

Wendy liebt alle Pferde auf dem elterlichen Reiterhof Lindenhöhe. Besonders aber liebt sie ihre gescheckte Pintostute Miss Dixie. Zusammen mit ihrem Pferd erlebt sie immer neue Abenteuer.

128 Seiten, DM 12,95/öS 95,-

Hans G. Franciskowsky

Ein Fohlen für Rodna

Wendy, *Band 2*

Die Haflingerstute Rodna ist eines der beliebtesten Pferd auf dem Reiterhof Lindenhö Die Geburt von Rodnas Fohle wird jedoch von unheimliche Ereignissen überschattet. Wendy und Bianca tun alles, um der Stute und ihrem Fohlen zu helfen.

128 Seiten, DM 12,95/öS 9

Katharina Lahn

Rettet die Ponys!

Wendy,

Band 15

So ein Pech! Wendy hat sich das erste Mal verliebt, und ausgerechnet jetzt schickt ihr Vater sie zu einem Sprachkurs nach England. Aber die Ferien werden spannender als erwartet. Wendy entdeckt einen alten Hof mit verwahrlosten Ponys. Sie ist fest entschlossen, die Tiere zu retten, und gemeinsam mit ihren neuen Freunden heckt sie einen tollen Plan aus.

128 Seiten, DM 12,95/öS 95,-

Katharina Lahn

Ein böser Verdacht

Wendy, *Band 16*

Wendy ist geschockt: Bei eine Turnier wird Penny positiv auf Doping getestet und soll für d restliche Saison gesperrt werden. Wer hat Penny gedopt? Und wieso wurde ausgerechne bei ihr eine Dopingprobe genommen? Wendy und ihre Freunde setzen alles daran, de Fall aufzuklären. Beim nächst Turnier stellen sie dem Täter eine Falle ...

128 Seiten, DM 12,95/öS 95,-

Das PC-Abenteuer
auf CD-ROM
Wendy
Merkwürdige Dinge passieren auf dem Gestüt Rosenborg: als Wendy morgens in den Stall kommt, um die Pferde zu füttern, ist die Arbeit bereits erledigt. Auch Bianca staunt – wer hat nur die Box von Prinz ausgemistet? Wer ist der Eindringling der sich im Stall zu schaffen macht? Heimlich legen sich Wendy und Bianca auf die Lauer... Doch der vermeintliche Einbrecher entpuppt sich als ein junges Mädchen, Sarah. Sarah liebt Pferde über alles, aber ihre Mutter hat ihr den Umgang mit Pferden verboten. Werden Wendy und ihre Freunde dafür sorgen, daß Sarahs großer Traum vom Reiten in Erfüllung geht?
Features:
zahlreiche knifflige Rätsel
14 verschiedene Charaktere
über 10 verschiedene Locations
zeichentrick-animierte Figuren und Hintergründe
digitaler Stereosound
Sarahs großer Traum
Endkundenbestellhotline: 01 80 / 5 21 66 99
(0,24 DM pro Minute) von Montag bis Freitag, 09.00 - 17.30 Uhr)
Fax: 040 / 66 99 10 99
Mail: bestellung@dtp-ag.com
www.shoebox-interactive.de
PC CD-ROM
shoe box
Shoebox ist ein gemeinsames Label von Egmont Interactive und dtp digital tainment pool

Neue Serie!

Sibylle Luise Binder

Cameros Geheimnis

Pferdeparadies Weidenhof

Der Weidenhof ist ein echtes Pferdeparadies – das findet zumindest Kathie, die mit ihrem Vater und den geliebten Vierbeinern auf dem alten Fachwerkhof lebt. Doch als eines Tages zwei neue Mitbewohner auf den Hof kommen, sind Turbulenzen vorprogrammiert!

144 Seiten, DM 14,95/öS 109,-

Sibylle Luise Binder

Das Rätsel des Pferdeflüsterers

Pferdeparadies Weidenhof

Auf einer Pferdemesse sehen Kathie und Sophie die Show eine Pferdeflüsterers. Er behauptet, auch das wildeste Pferd in einer halben Stunde zähmen zu könne Kathie ist fasziniert, Sophie dagegen misstraut dem „Zauber“ Schließlich finden die beiden heraus, dass der Flüsterer mit unsauberen Methoden arbeitet.

144 Seiten, DM 14,95/öS 109,-

Dagmar Hoßfeld

Pferdemädchen Mia

Reiterhof Erlengrund,

Band 1

Der silbergraue Lusitano Tam ist das schönste Pferd auf Erlengrund. Mia reitet und versorgt Tam voller Hingabe. Doch dabei vergisst sie, dass Tam nicht ihr gehört. Als Tams Besitzer wegzieht und Tam mitnimmt, bricht für Mia eine Welt zusammen …

144 Seiten, DM 14,95/öS 109,-

Dagmar Hoßfeld

Verbotenes Training

Reiterhof Erlengrund,

Band 6

Mia und ihre Freunde sind t beunruhigt. Es gibt wilde Gerüchte um einen brutalen Ausbilder auf dem Nachbar von Erlengrund, Gut Seekam Die Freunde haben den früh Springreiter bereits beim Training beobachtet. Doch u etwas zu verändern, brauch man Beweise …

144 Seiten, DM 14,95/öS 1(

Edel Marzinek-Späth

Das große Pferde-Lexikon A-Z

Ein neu überarbeitetes Lexikon für alle, die mehr über Pferde wissen möchten!

- *Über 1200 Begriffe*
- *Mehr als 120 Pferderassen*
- *Über 200 Farbillustrationen und -fotos*

256 Seiten, 19,5 x 25,7 cm
DM 34,95/öS 255,-
Neu ab April 2001.

Ursula Isbel

Schatten über Rose Hill

Romantik-Thriller

Als ich Rose Hill zum ersten Mal sah, begann ich zu frösteln. Das alte Herrenhaus hatte eine düstere, beklemmende Ausstrahlung. Ein dunkles Geheimnis schien um die verwitterten Mauern zu liegen. Ein unheimliches Gefühl ergriff mich – wie die Vorahnung einer drohenden Gefahr, eines unabwendbaren Verhängnisses.

160 Seiten, DM 14,95/öS 109,-

Ursula Isbel

Das Haus der Stimme

Romantik-Thriller

Der Sturm heult ums Haus. Ic schaue aus dem Fenster und sehe in der Ferne das graue Meer. Und dann spüre ich es deutlich: Jemand beobachtet mich. Ich weiß, dass kein Mensch da ist, auch der Hun und die Katze sind nicht bei mir. Panik steigt in mir auf. muss fliehen. Sonst wird das Haus mich vernichten …

160 Seiten, DM 14,95/öS 10

Christa Schütt

Pferde fallen nicht vom Himmel

„Ein Schecke muss dabei sein", sagt Christa Schütt. „Erst dann ist die kleine Pferdeherde bunt und komplett. Doch gute Pferde fallen nicht vom Himmel. Und gute Schecken schon gar nicht. Erst als meine Freundin Ute und ich vor einer wunderschönen weißbraunen Stute stehen, ist klar: Dies ist unser neues Pferd!"

160 Seiten, DM 14,95/öS 109,-

„Sei nicht albern, Kalle!“, sagte Moritz endlich mit fester Stimme. „Wir werden jetzt ganz vernünftig daran vorbeigehen!“

Doch Kallisto versteifte sich noch mehr und stieß den angehaltenen Atem so scharf aus den Nüstern, dass sich sogar Jupiter genötigt sah, einen argwöhnischen Blick auf die Düngersäcke zu werfen. Aber der Hengst ließ sich von seinem Sohn nicht in die Irre führen und entspannte sich gleich darauf mit einem Schnauben. Stella war der Meinung, dass sie jetzt lange genug gewartet hatte, und drängte vorwärts. Lia lenkte sie direkt auf die Düngersäcke zu. Kallisto sah misstrauisch zu, wie seine ahnungslose Mutter Stella an das gefährliche Monster herantrat und sogar wagte, daran zu schnuppern. Als sie wider Erwarten nicht verschlungen wurde, beruhigte er sich, traute sich aber erst heran, nachdem auch Jupiter mit gutem Beispiel vorangegangen war.

Moritz lachte und strich dem jungen Wallach über den Mähnenkamm. „Aus dir soll einer schlau werden! Hast keine Angst vor hohen Hindernissen, aber bei einem Haufen Dünger spinnst du!“

Kallistos Antwort war ein lockeres Schnauben. Neugierig beschnupperte er jetzt die Säcke, und Moritz konnte gerade noch verhindern, dass er zur Probe in die Folie hineinbiss. Gut gelaunt ritten sie weiter. Lara war gespannt, was Kallisto auf dem Rückweg anstellen würde. Aber der junge Wallach würdigte die Düngersäcke keines Blickes mehr und schritt ungerührt an ihnen vorbei.

Als sie wieder in der Roten Mühle waren und die Ponys versorgt und auf die Weide entlassen hatten, war es an der Zeit, Rapunzel und Schneewittchen in den Stall zu führen. Außerdem wartete Ganymed auf seinen täglichen Spaziergang. Er hatte ihnen sehnsüchtig entgegengewiehert. Das Führen war immer noch Moritz' Aufgabe. Obwohl Ganymed nach wie vor ruhig war, befürchtete Lia, dass sie im entscheidenden Augenblick vielleicht nicht kräftig genug zupacken konnte. Ganymed wusste schließlich genau, wer ihn am Halfter hielt, und hätte sich bei der zierlichen Lia vielleicht ein paar Sätze erlaubt, die er bei Moritz nicht wagte. Moritz war bereits auf dem Weg zu Ganymeds Box, als Lia das Futter für die Stuten in die Eimer füllte.

Lara versorgte inzwischen Kater Cat mit einer seiner Lieblingssorten Dosenfutter, Thunfisch. Er strich ihr schnurrend um die Beine, bis sie das Schälchen gefüllt hatte, und stürzte sich wie ein hungriger Löwe darauf.

Lia lachte. „Man könnte meinen, er hätte seit Tagen nichts bekommen. Bei den Mengen, die er verputzt, müsste er kugelrund sein."

Lara langte nach einem Futtereimer. „Vergiss nicht, wie er sich bewegt! Wie schwer er arbeiten muss! Die vielen Mäuse, die er fängt! Das kostet Kraft", sagte sie ganz ernst.

Als hätte Cat sie verstanden, hob er den runden Kopf und schaute blinzelnd zu ihr auf. Doch nur für einen Moment, dann fraß er eifrig weiter.

Jetzt musste auch Lara lachen. „Man könnte fast glauben, dass er jedes Wort versteht."

Lia lachte. „Nur fast glauben? Bist du etwa nicht davon überzeugt, dass er alles versteht? Komm, unsere Mädels warten."

Sie stellten die Eimer in den Boxen bereit, bevor sie zur hinteren Weide gingen, an deren Tor bereits Rapunzel und Schneewittchen warteten. Die Schimmelstute brummelte leise zur Begrüßung. Ungestüm schnappte sie nach dem

Stück Brot und schob den Kopf bereitwillig ins Halfter. Rapunzel kam langsam einen Schritt näher und schnüffelte lustlos an dem Leckerbissen, nahm ihn aber nicht an. Mit hängendem Kopf wandte sie sich ab und trottete ein Stück zur Seite. Am Zaun blieb sie müde stehen. Lara und Lia sahen sich erschrocken an. Noch nie hatten Rapunzels Rippen so scharf herausgestanden, und noch nie waren ihre Augen so stumpf gewesen, fanden sie. Der schwarze Bauch hob und senkte sich unter hastigen unregelmäßigen Atemzügen.

„Findest du nicht auch, dass sie schwerer atmet als sonst?“, fragte Lara besorgt.

Lia nickte beklommen. „Ja. Hoffentlich kommt Sonja bald.“

Lara trat an die Rappstute heran. Sie redete ihr sanft zu, streifte ihr das Halfter über und brachte sie geduldig dazu, ihr zum Hof zu folgen. Lia hielt Schneewittchen immer wieder an, weil Rapunzel mit stockenden Schritten nur sehr langsam vorankam. Als die Stuten endlich im Stall standen, machte die Schimmelstute sich freudig über das Futter her. Rapunzel rührte nichts an.

„Wenn Sonja doch hier wäre“, sagte Lia, und Lara nickte heftig. Sie fühlte sich schrecklich hilflos.

Als hätte sie die Sorgen der Mädchen gespürt, erschien die junge Tierärztin wenige Minuten später im Stall. Moritz kam mit ihr. Sorgfältig und gewissenhaft hörte Sonja den Burstkorb der Rappstute mit dem Stethoskop ab, fühlte den Puls und maß die Temperatur. Die drei Freunde warteten unruhig auf das Ergebnis.

Sonja zupfte an ihren kurzen roten Haaren und schob nervös ihre Hornbrille hin und her. „Wir haben bereits darüber gesprochen, dass es nicht gut um Rapunzel steht.

Glaubt mir, es fällt mir nicht leicht, euch das zu sagen. Ich glaube, sie leidet ..."

Lara schluckte. Sie leidet! Sie waren sich doch einig, dass sie Rapunzel das ersparen wollten.

„Ich bin sicher, dass es mit Rapunzel zu Ende geht. Ihr seht selbst, dass sie total apathisch ist und keine Freude mehr am Leben hat. Ich wollte mich mit Marion beraten, aber sie überlässt, wen wundert's, uns die Entscheidung. Und nach meiner Einschätzung wäre es an der Zeit ...", Sonja stockte, „... Rapunzel einzuschläfern."

Sonja hatte sie schon vor Tagen behutsam darauf vorbereitet, aber trotzdem war Laras Herz schwer. Sonja schien entschlossen zu sein. Als Tierärztin stand sie nicht zum ersten Mal vor einem so schwer wiegenden Entschluss, und sie konnte Rapunzels Zustand am besten beurteilen. Sie alle kannten Sonja gut genug um zu wissen, dass sie immer zugunsten eines Tieres handelte, und manche Entscheidungen hatten ihr schon erbitterte Auseinandersetzungen mit den Besitzern gebracht. Auch mit Joscha, Angela und Jakob war alles besprochen worden.

„Was soll dann aus Schneewittchen werden?", fragte Lara bedrückt. „Sie ist fast ihr ganzes Leben lang mit Rapunzel zusammen gewesen. Wird sie nicht furchtbar trauern?"

Sonja seufzte leise. „Ja, das wird sie. Tiere trauern heftig, wenn sie getrennt werden. Schneewittchen wird ihre Freundin vermissen, aber irgendwann wird sie sich dann an ein anderes Pferd anschließen. Es wird eine Weile dauern, vielleicht sehr lange."

„Ich will nicht, dass Rapunzel schon sterben muss", sagte Lia. „Können wir nicht noch warten? Bitte, Sonja! Vielleicht möchte sie noch weiterleben ..."

„Bitte, lass uns noch warten“, sagte jetzt auch Lara. „Vielleicht erholt sie sich doch wieder?“

Sonja sah Moritz und die Mädchen nachsichtig an. „Rapunzel ist nicht schwer krank, sie hat keine Lebenskraft mehr. Ihr Zustand wird sich kaum noch bessern. Aber gut. Ihr wisst, dass ich mit Joscha morgen für drei Tage nach Berlin fahre. Lassen wir ihr noch ein wenig Zeit. Meinen Kollegen werde ich entsprechend informieren. Ihr könnt ihn jederzeit anrufen, wenn ihr unsicher seid. Er wird euch nicht im Stich lassen und die richtige Entscheidung mit euch treffen.“

Auf die Berlinreise freute sich Sonja seit Wochen. Der Reitkurs sollte gegen Mittag enden, und gleich danach würde sie mit Joscha die kurze Reise antreten. Mit dem jungen Kollegen, der vor kurzem seine Praxis eröffnet hatte, wechselte Sonja sich mit den Wochenend-Diensten ab. Sie war froh darüber, nun einen Vertreter zu haben. Die Fahrt nach Berlin war der erste Urlaub seit vielen Monaten. Da am gleichen Abend außer der Opernpremiere auch das erste Treffen der Theater-AG stattfinden sollte, würde Lara seit langer Zeit einmal wieder allein in der Roten Mühle sein. Nicht ganz allein allerdings; Moritz wollte bei ihr bleiben, und darauf freute sie sich besonders.

Sonja wandte sich Rapunzel zu, die sich müde in eine Ecke zurückgezogen hatte.

„Also warten wir noch ein paar Tage ab“, sagte sie langsam. „Wenn ich aus Berlin zurück bin, werden wir weitersehen.“

Lara, Lia und Moritz bedankten sich erleichtert, aber richtig froh waren sie nicht. Vorerst sollte Rapunzel bei ihnen bleiben. Aber wie lange noch? Sie wussten, dass dies nur ein Aufschub war.

Rapunzel

Ein seltsam fremdes Gefühl, ganz allein in der Roten Mühle zu sein! Die Tiere waren natürlich da: Unten am Mühlbach grasten die Pferde, Ganymed verfolgte aus seiner Box heraus jeden ihrer Schritte, irgendwo in einer Fensternische saß der Kater, und die gute Fina wich nicht von ihrer Seite. Trotzdem sah Lara sich aufmerksam um, als sie am frühen Abend zu den Kastanien ging, konnte aber nichts Besonderes feststellen. Stille herrschte auf dem Hof. Die Strahlen der Abendsonne fielen auf die Fensterscheiben des Haupthauses und brachten die roten Klinkersteine zum Leuchten. Hoch oben in den Baumkronen stritten lärmend zwei aufgeregte Amselmännchen.

Lara setzte sich auf die Bank und dachte an den Trubel, der hier vor wenigen Stunden noch geherrscht hatte. Die Gastpferde waren in ihre Transporter verladen worden, und sie hatte sich mit je einer Möhre von ihren Lieblingen, dem bildschönen Friesen, dem edlen Schimmel und dem selbstbewussten kleinen Norweger, verabschiedet. „Bestimmt kommen wir wieder“, war die einhellige Meinung der Reiterinnen und Reiter gewesen, und Lara war sicher, dass sich auch die Pferde in der Roten Mühle wohl gefühlt hatten. Gleich danach waren Joscha und Sonja ins Auto gestiegen und strahlend vom Hof gefahren. Lara, die ihnen den kurzen Urlaub von Herzen gönnte, hatte ihnen wie wild nachgewinkt, bis der Wagen hinter der Einfahrt verschwunden war.

Am Nachmittag waren die Freunde zu dritt zum Springstall geradelt, um noch einmal nach Mirjas Pferd zu forschen. Es war, wie Lia erzählt hatte. Die Gebäude sahen sehr gut aus, und die Pferde, die über die Halbtüren schauten, wirkten ruhig und gepflegt. Der Großteil der Boxen stand leer. Die jungen Besucher hatten Glück: Das große schmiedeeiserne Tor, in das der Name Eichengrund in großen Buchstaben eingesetzt war, stand weit offen. Neugierig und etwas zögernd hatten sie den Hof betreten. Hier gab es niemanden, den sie fragen konnten, doch ein helles Wiehern lockte sie an den Stallgebäuden vorbei und durch eine Toreinfahrt hindurch. Dahinter lagen die Weiden, auf denen die Pferde in kleinen Gruppen grasten, sowie ein Dressurplatz und ein mit bunten Hindernissen bestückter Springplatz. Zwischen den Reitbahnen entdeckten sie schließlich das Pferd, dessen Rufen sie hergebracht hatte. Es war ein kräftiger Brauner, der gemeinsam mit drei anderen Pferden in eine Führmaschine eingesperrt war. Lara kannte solche Anlagen bisher nur aus Filmen und von Abbildungen; sie betrachtete die Stahlkonstruktion mit Befremden, aber nicht ohne Neugier. Das Gerät hatte vier Unterteilungen, und in jedem Abschnitt lief ein Pferd. Das metallene Gestell bot zwar einen seltsamen Anblick, machte es aber immerhin möglich, vier Pferden gleichzeitig in flottem Schritt Bewegung zu verschaffen. Lara wusste, dass viele große Ställe solche Führmaschinen besaßen. Bis auf den Braunen, dem das Tempo wohl nicht behagte und der unruhig durch sein Abteil tänzelte, schritten die anderen Pferde gleichmütig voran. Dass die Tiere nicht ganz sich selbst überlassen waren, sahen sie, als der Braune wieder wieherte und zu buckeln begann. Plötzlich war eine junge Frau, die irgendwo im Gras gesessen haben mochte, an seiner Seite und beruhigte ihn. Unter ihrer roten Baseballkappe hing ein dicker Zopf über ihren Rücken.

„Hallo, Birgit!“, rief Lara erfreut, und auch Lia und Moritz riefen der jungen Frau einen Gruß zu.

Birgit, die im ersten Augenblick verblüfft die Augenbrauen zusammengezogen hatte, lächelte. „Toll, am ersten Arbeitstag gleich so netten Besuch! Übrigens hat Bente dafür gesorgt, dass ich früher wechseln konnte. Er wollte mich loswerden. Es hat sich wohl herumgesprochen, dass ich hier früher anfangen durfte?“

„Ehrlich gesagt, wir haben es nicht gewusst“, gab Lara zurück.

„Aber es ist super, dich hier zu treffen“, fügte Moritz hinzu. „Weißt du jetzt etwas über Mirjas Pferd? Deshalb sind wir gekommen.“

Birgit behielt den Braunen im Blick und sprach ihm weiter beruhigend zu, bis er seine Kreise in gelassenem Schritt zurücklegte. Er hätte eine Verletzung auszukurieren, erklärte sie, und dürfte nicht herumtoben. Endlich berichtete sie von ihren Nachforschungen. Lars kannte Mirja ziemlich gut. Sie war seine Schülerin gewesen, und er hatte ihr Pferd betreut, bis es verkauft wurde.

„Verkauft?“, rief Lia erschrocken. „Die arme Mirja! Warum denn?“

Auch Lara sagte: „Das muss schlimm für Mirja gewesen sein.“

Birgit nickte. „Sollte man meinen. Aber der Verkauf hat eine Vorgeschichte. Und die allein ist traurig genug.“ Sie blickte auf ihre Uhr. „Ich mache es kurz, Leute. In zehn Minuten soll die nächste Gruppe in die Führmaschine. Also hört zu, was Lars mir erzählt hat. Mirja ist, genauer sie war, eine gute Reiterin und ziemlich verwöhnt vom Erfolg. Sternschnuppe galt als echtes Talent im Parcours, war aber hochsensibel. Plötzlich klappte dann nichts mehr.

Sternschnuppe fing an zu verweigern, weil Mirja ihr im Training zu viel zumutete. Sie hatte sich für eine Springprüfung angemeldet, die eine Nummer zu groß für sie war. Unter einem geübten Reiter wäre es ein Klacks für Sternschnuppe gewesen, aber Mirja hatte schon im Training aus lauter Unerfahrenheit einen Fehler nach dem anderen gemacht. Das Schlimmste – da Lars von Anfang an gegen diese Prüfung war, trainierte Mirja heimlich, auch gegen seine Anweisungen, und je schlechter es lief, desto verbohrter wurde sie."

„Und diesen Druck hat Sternschnuppe nicht ausgehalten", stellte Moritz fest.

Birgit lobte wieder den Braunen, der jetzt brav an ihnen vorbeischritt. Sie nickte zu Moritz' Vermutung. „Lars sagt, Mirja wäre furchtbar eigensinnig. Sie ist sehr ehrgeizig und hat im Grunde nicht die richtige Einstellung zum Sport. Leider ist das bei vielen Reitern so. Also, diese Springprüfung war ein totaler Misserfolg. Doch anstatt danach das Training herabzusetzen und Sternschnuppes Vertrauen wieder aufzubauen, wie Lars und Mirjas Eltern es verlangt hatten, ist sie heimlich auf den Springplatz gegangen. Dabei ist es passiert."

Lia hatte ebenso gespannt zugehört wie Lara und Moritz. „Ist sie gestürzt?"

„Keiner weiß genau, wie es geschehen ist", sagte Birgit. „Das Pferd war nicht verletzt, doch Mirja hatte es schlimm erwischt. Sie war bewusstlos und kann sich bis heute offenbar an nichts erinnern. Als sie wieder gesund war, hat sie sich geweigert, Sternschnuppe weiter zu reiten oder sie auch nur zu longieren. Sie wollte ihr Pferd nicht mehr putzen, ja, nicht einmal mehr sehen. Weder Sternschnuppe noch ein anderes Pferd."

„Deshalb also musste die Stute verkauft werden“, sagte Lara empört. „Ist ja das Letzte!“

Lia runzelte missbilligend die Stirn. „Die arme Sternschnuppe! Sie konnte bestimmt nichts für den Unfall!“

Moritz schob sich nachdenklich die borstigen blonden Strähnen aus der Stirn. „Aber wie ist Mirja in die Rote Mühle gekommen? Warum hat sie Stella heimlich geritten, wenn sie angeblich so große Angst vor Pferden hat?“

„Darüber haben wir uns auch Gedanken gemacht, Lars und ich“, erklärte Birgit geduldig. „Mirja ist ein schwieriges Mädchen. Diese Alleingänge und Heimlichkeiten sind typisch für sie, sagt Lars. Sie ist sehr verschlossen und hat keine Freundin. Sie macht am liebsten alles allein. Andere um Hilfe zu bitten, das fällt ihr unglaublich schwer.“

„Aber warum ausgerechnet Stella?“, überlegte Lara.

„Weil sie irgendwie gemerkt hat, dass Stella die Liebste von allen ist“, sagte Lia leichthin. „Die Sanfteste.“

Lara schüttelte den Kopf. „Das kann nicht der einzige Grund sein. Es muss noch etwas geben, warum Mirja ausgerechnet zu Stella ging.“

Die Frage hatte ihr seitdem keine Ruhe gelassen. Sie dachte wieder darüber nach, als sie jetzt im Licht der Abendsonne auf der Bank unter den Kastanien saß und auf Moritz wartete.

Er kam zur verabredeten Zeit auf den Hof geradelt und klingelte wie immer munter. Fina holperte ihm fröhlich bellend entgegen und ließ ihm keine Ruhe, bis er das Rad an den Stamm gelehnt, sich neben Lara auf die Bank gesetzt und beide Hände frei hatte, um die Hündin ausgiebig zu klopfen und zu streicheln.

„Angela hat toll ausgesehen“, erzählte Lara. „Sie trug das Kleid, das sie auf ihrer Ausstellung anhatte. Und Papa erst ... Ich wünschte, ich könnte unsichtbar in der Reihe hinter ihnen sitzen."

„Und ich neben dir." Diese Idee gefiel Moritz. Plötzlich sagte er: „Wollen wir nicht auch mal ins Theater gehen, Lara?" Er sah sie an.

Sie lachte. „Das blüht uns spätestens, wenn Lias Gruppe ein Stück aufführt. Sie war total aufgeregt, als sie vorhin losfuhr. Die Sache ist ihr unheimlich wichtig."

„Aber wohl nicht wichtiger als die Ponys." Moritz schob die Hündin, die zur Hälfte auf seinen Knien lag, ein Stück beiseite und stand auf. „Lass uns einen Ritt machen! Hand in Hand in den Sonnenuntergang wie im Kino. Wär das nichts?"

„Wir können's versuchen", rief Lara vergnügt und sprang auf. „Aber wenn schon wie im Kino, dann bitte ohne Sattel! Ich bin gespannt, ob du oben bleibst!"

Bevor sie die Ponys holten, wollten sie noch nach Rapunzel sehen. Den ganzen Tag über war jede halbe Stunde jemand bei der alten Stute gewesen. Auf Sonjas Rat hin hatten sie Rapunzel am Morgen wie gewohnt auf die Weide geführt, damit sie sich ein wenig bewegen konnte, sie aber bereits am frühen Nachmittag wieder hereingeholt. In der Box konnten sie sie leichter beobachten. Schneewittchen, die Rapunzel wie immer Gesellschaft leistete, wandte sich von ihrem Heu ab und wieherte leise zur Begrüßung. Als Lara kurz zuvor im Stall gewesen war, hatte auch Rapunzel sogar etwas Heu geknabbert. Jetzt stand sie an der hinteren Wand und hielt den ergrauten Kopf tief aufs Stroh gesenkt. Sie schien im Stehen zu schlafen.

„Was hat Sonja gesagt, bevor sie abgereist ist?", fragte Moritz mit gedämpfter Stimme.

„Sie meinte, es schiene Rapunzel wenigstens nicht schlechter zu gehen als gestern. Und dass sie wohl keine Schmerzen hat. Sie ist einfach furchtbar müde und erschöpft. Ihr alter Körper ist am Ende, und dagegen gibt es keine Medizin mehr. Arme Rapunzel.“

Sie blieben an der Trennwand stehen und betrachteten das alte Pferd bekümmert.

„Ich muss manchmal daran denken, wie wir die beiden Stuten zum ersten Mal gesehen haben“, flüsterte Moritz. „Marion wäre Rapunzel und Schneewittchen am liebsten schon damals für immer losgeworden. Wenn wir nicht gekommen wären ...“

Sie hatten die beiden Pferde zufällig in einem halb verfallenen Bauernhof entdeckt. Es war Heiner Sieberts Hof gewesen, der abgerissen werden sollte, um für eine Landstraße Platz zu schaffen. Marion hatte nur halbherzig nach einer neuen Unterkunft für die Pferde gesucht. Wenn die drei Freunde nicht in letzter Minute für ein neues Zuhause in der Roten Mühle gesorgt hätten, wäre das Schicksal der beiden Stuten wohl schon in jenen Tagen besiegelt gewesen.

Lara spürte einen dicken Kloß im Hals. „Moritz, willst du jetzt unbedingt reiten? Ich würde lieber bei ihr bleiben.“

„Ich auch“, sagte er heiser. „Ist doch klar.“

Sie öffneten langsam die Boxentür und sprachen Rapunzel liebevoll zu, als sie sich vor der Wand ins Stroh setzten. Rapunzel stellte ein Ohr zur Seite, rührte sich aber nicht. In der Box nebenan kaute Schneewittchen ihr Heu und prustete ab und zu leise. Endlich hörten Lara und Moritz ein schwaches Fiepen vor der Boxentür. Fina war ihnen nachgegangen und fühlte sich allein gelassen.

„Ob Rapunzel etwas dagegen hat?“, fragte Moritz halblaut.

Lara schüttelte den Kopf. Rapunzel war zwar keine dicke Freundin der Hündin, aber die beiden respektierten sich. Leise stand Moritz auf und ließ Fina herein. Rapunzel wandte den Kopf, es schien sie aber nicht zu stören, dass Fina sich zu Laras Füßen hinlegte.

„Jetzt fehlt nur noch Cat“, flüsterte Moritz.

Aber der Kater war schon da. Regungslos hatte er auf der Mauer gesessen und sprang nun mit einem Satz zu ihnen ins Stroh. Fast lautlos ging er zu Lara und rollte sich neben ihr zusammen, als wüsste er, dass jetzt nicht gespielt wurde. Mit unergründlichem Blick starrte er aus dem Fenster.

Moritz legte einen Arm um Laras Schultern und zog sie an sich. Lara schloß die Augen und lauschte auf die friedlichen Geräusche umher; auf Finas Schnarchen, Cats leises Schnurren und auf die Geräusche der Pferde. Sie spürte Moritz' tiefe Atemzüge und dachte, dass dies ebenso schön war wie ein Ritt bei Sonnenuntergang. Wenn Rapunzel nicht so elend dagestanden hätte. Wenn sie sich beim Anblick des alten Pferdes nicht so deprimiert gefühlt hätte ...

Die Stute hatte sehr lange stillgestanden. Der Kopf war etwas tiefer gesunken, so kam es Lara jedenfalls vor, und die dunklen Flanken hoben und senkten sich um eine Spur heftiger als zuvor. Plötzlich begann Rapunzel unruhig mit dem Schweif zu schlagen, dann setzte sie sich stockend in Bewegung und ging mit kurzen unsicheren Schritten durch die Box. Lara und Moritz waren aufgesprungen, um ihr Platz zu machen. Auch Fina stand auf und schüttelte sich das Stroh aus dem Fell. Sie fiepte aufgeregt, als spürte sie, dass Rapunzel in Not war. Der Kater floh lautlos in die Futterkrippe. Lara rief Fina heran, um sie zu beruhigen. Hand in Hand blieben Lara und Moritz in der Boxenmitte und beobachteten mit wachsender Angst die Stute, die torkelnd umherirrte.

Rapunzel war im Dämmerlicht nur noch ein großer schwarzer Schatten. Lara hatte kaum bemerkt, dass die Nacht gekommen war; eine warme, helle Sommernacht. Von den Weiden drang das Zirpen der Grillen herüber. Sie zuckte erschrocken zusammen, als eine schmale dunkle Gestalt bei der Tür auftauchte. Fina, die sich ein wenig beruhigt hatte, begrüßte Lia mit einem erfreuten Winseln.

„Hier seid ihr!", sagte Lia leise und fügte besorgt hinzu: „Was hat sie? Warum ist sie so unruhig?"

Sie schob die Tür einen Spalt auf und schlüpfte in die Box. Rapunzel beachtete sie nicht, sondern machte weiter ihre gehetzten Runden, als würde sie von einer unsichtbaren Hand vorwärts getrieben. „Wie lange geht das schon so?"

„Seit ein paar Minuten", sagte Moritz mit heiserer Stimme. „Wir müssen den Tierarzt rufen. Wo ist die Nummer?"

Lara musste den Kloß in ihrer Kehle hinunterschlucken, bevor sie antwortete: „Bei uns in der Küche. Neben dem Telefon."

Sonja hatte die Visitenkarte des jungen Kollegen gut sichtbar an die Pinnwand gespickt. Moritz drückte kurz Laras Hand, trat dann ruhig an Rapunzel vorbei und öffnete die Tür. Lara lauschte dem weichen Geräusch seiner Turnschuhe, als er aus dem Stall lief.

Lia verfolgte Rapunzels holperige Schritte mit ängstlichem Gesicht. Lara hatte es immer gefallen, dass die Boxen in der Roten Mühle doppelt so groß waren wie normale Boxen. Jetzt war sie besonders erleichtert darüber. Rapunzel musste sich nicht eingeengt fühlen, und sie selbst hatten genug Platz, um ihr auszuweichen. Schnelle Schritte kündigten Moritz' Rückkehr an. Er sprach sanft zu Rapunzel, um sie nicht zu erschrecken. Der Tierarzt war bei einem Notfall, erklärte er beunruhigt, einem Pferd mit einer tiefen Wunde, die genäht werden müsste. Aber er hätte versprochen zu kommen, so schnell es ginge.

So plötzlich, wie Rapunzels Wanderung begonnen hatte, so abrupt endete sie. Sie hielt inne, warf den Kopf hoch und lauschte, als hätte sie ein Wiehern gehört, das nur sie zu hören vermochte. Dann begann sie heftig zu schwanken, von einer Seite auf die andere, doch bevor die drei jungen Menschen etwas tun konnten, brach sie mit einem tiefen Ächzen zusammen. Sie sank auf den Bauch und drehte sich noch im Fallen auf die Seite. Heftig keuchend blieb sie liegen. Ihre Augen waren angstvoll aufgerissen, wieder stöhnte sie schwer.

Lia schrie leise auf. Dann stürzte sie aus der Box.

Lara hatte sich neben Rapunzels Kopf ins Stroh gesetzt. Moritz kniete neben ihr. „Sie stirbt", sagte er leise. Er war ganz ruhig.

Lara war ihm dankbar für diese Ruhe. Sie spürte, wie sehr sie seinen Beistand brauchte, und war erleichtert, dass sie jetzt nicht allein mit der sterbenden Stute war.

Moritz hielt Rapunzels Kopf auf seine Knie gebettet. Sanft strichen seine Hände über den verschwitzten Hals, und er flüsterte leise Worte über ihren Ohren. Woher nimmt er diese Kraft, fragte sich Lara, er weiß doch, dass der Tod kommt. Rapunzels schwerer grauer Kopf lag regungslos auf seinen Knien. Sie hatte die Augen geschlossen, doch die Ohren waren auf seine tröstende Stimme gerichtet. Auch Lia, die zurückgekommen war, hatte sich still neben Rapunzel gesetzt. Lara weinte nicht. Auch Lia hatte aufgehört zu schluchzen. Sie waren ganz auf das alte Pferd konzentriert, um ihm stumm Mut zuzusprechen. Rapunzel atmete nun ruhig und flach. Sie schien entspannt und lauschte mit geschlossenen Augen auf die beruhigenden Stimmen der drei jungen Menschen.

„Bald geht es dir besser, Rapunzel", flüsterte Lia unterdrückt. „Gleich ist alles gut. Der Tierarzt wird kommen und dir helfen."

Rapunzel ächzte tief auf. Plötzlich wieherte sie; zart und kindlich wie ein Fohlen, sodass Schneewittchen nebenan mit einem mütterlichen Brummeln antwortete. Ein Schauer lief über Rapunzels großen Körper, und als sich die Flanken unter Laras streichelnden Händen nicht mehr hoben und senkten, verstanden die Freunde, dass es geschehen war. Die alte Stute war tot.

Ein hinterhältiger Plan

Der Tierarzt, ein magerer junger Mann mit dunklem Bart, kam spät in der Nacht. Moritz hatte das Außenlicht eingeschaltet, damit er den Weg fand. Der Arzt war bestürzt, als er hörte, dass die Stute tot war. Aufmerksam hörte er zu, als Moritz ihm mit stockender Stimme erzählte, was geschehen war. Lara hätte jetzt kein Wort herausgebracht, und Lia hockte bei Schneewittchen im Stroh und weinte leise. Der junge Mann trat zu Rapunzel in die Box und betrachtete sie lange. Mit einem mitfühlenden Lächeln wandte er sich Lara und Moritz zu, die mit blassen, müden Gesichtern auf der Stallgasse gewartet hatten.

„Es ist schlimm, dass ich euch allein lassen musste",

sagte er leise. „Ich weiß, wie schwer es ist, ein Tier zu verlieren. Im Augenblick ist es vielleicht kein Trost für euch, aber wenn Zeit vergangen ist, werdet ihr verstehen, dass Rapunzels Tod eine Gnade für sie war. Sie ist friedlich eingeschlafen, begleitet von ihr vertrauten Menschen. Leider gibt es nur wenige Pferde, denen ein solches Ende vergönnt ist."

Er wartete auf Angela und Jakob, die beim Heimkommen das Licht gesehen hatten, in der Stallgasse. So blieb es Moritz erspart, alles noch einmal erzählen zu müssen. Nachdem der Arzt gegangen war, blieben alle gemeinsam noch für eine Weile bei Rapunzel und sprachen leise darüber, wie sie damals in die Rote Mühle gekommen war und was für ein geruhsames gutes Leben sie dort gehabt hatte. Schneewittchen sah über die Trennwand hinweg auf ihre reglos daliegende Freundin, schien aber nicht beunruhigt. Endlich legte sie sich zum Schlafen nieder.

„Für uns wird es auch Zeit", sagte Jakob. Er legte zwei Pferdedecken über Rapunzel und schickte alle mit sanftem Nachdruck aus dem Stall.

Moritz verbrachte die Nacht in Joschas Zimmer. Jakob hatte die Eltern angerufen, denen es nur recht war, wenn ihr Sohn nicht mitten in der Nacht mit dem Fahrrad nach Hause fahren musste. Lara war am Morgen dankbar für seine Gegenwart. Sie zögerte ein wenig, in den Stall mit dem toten Pferd zu gehen, aber der Weg ließ sich nicht aufschieben. Schneewittchen und Ganymed mussten versorgt werden und auch Cat wartete auf sein Frühstück.

Der gute Heiner Siebert, ganz früh am Morgen von Jakob informiert, war bereits tätig gewesen. Als Lara und Moritz sich mit Lia auf dem Hof trafen, hatte Heiner Schneewittchen bereits auf die Weide geführt. Ein wenig verloren wanderte sie hinter dem Zaun auf und ab und wieherte schrill nach Rapunzel. Lara sah, dass Heiners helle Augen vom Weinen gerötet waren. Unter seiner Obhut hatten beide Stuten mehr als zwanzig Jahre miteinander verbracht.

„Ihr braucht jetzt nicht in den Stall zu gehen. Ich kümmere mich um alles. Wenn ihr später aus der Schule kommt, wird Rapunzel fort sein."

„Was wird aus Schneewittchen?", fragte Lara besorgt. „Sie ist es nicht gewöhnt, allein zu sein. Und sie wiehert so!"

Heiner hob ratlos die Schultern. „Sie wäre wohl in Stellas Gruppe gut aufgehoben. Aber das kann ich nicht entscheiden. Vorerst müssen wir warten, bis Joscha zurück ist."

Vom Schulunterricht bekam Lara an diesem Vormittag wenig mit. Ihre Gedanken waren bei der vergangenen Nacht. Obwohl sie nicht an Rapunzel denken wollte, ließ sich das Bild der sterbenden Stute nicht aus ihrem Bewusstsein verdrängen. Auf dem Stuhl nebenan saß Lia und kritzelte hastig einen Ponykopf nach dem anderen auf den Notizblock. Sie sah nicht auf dabei. Beide Mädchen waren erleichtert, als die letzten zwei Stunden ausfielen. Der Physiklehrer hätte Unaufmerksamkeit nicht geduldet; er forderte stets konzentrierte Mitarbeit, das wussten sie. Und dass Lia und Lara verweinte Augen hatten, danach hätte er auch nicht gefragt.

„Wann kommt Moritz heute?", fragte Lia auf dem Weg zum Busbahnhof.

Er hätte bis zur letzten Stunde Unterricht, erzählte Lara, und würde erst am späten Nachmittag in die Rote Mühle kommen. Seine Eltern hatten ihm vorher noch eine Arbeit im Laden aufgetragen. Bis der Bus abfahren sollte, blieb ihnen noch eine Viertelstunde. Sie gingen die Bahnhofstraße entlang und blieben vor der kleinen Buchhandlung stehen, in deren Auslagen oft Pferdebücher ausgestellt waren. Zur Zeit jedoch drehte sich alles um Fußball. Lara wollte weitergehen, als Lia sie zurückhielt. „Sieh mal, wer dort drinnen ist!"

In der Scheibe spiegelte sich das Sonnenlicht, aber schließlich erkannte auch Lara, wen die Freundin im Verkaufsraum entdeckt hatte. „Das ist Mirja!"

Das Mädchen stand an der Kasse und bezahlte. Als sie gleich darauf mit einer Tüte unter dem Arm herauskam, wurde sie von Lara und Lia empfangen.

„Wollt ihr was von mir?", stotterte Mirja. „Ich kenne euch nicht." Sie schien erschrocken zu sein.

Lia starrte sie empört an. „Stell dich nicht blöd! Mein Pony reitest du heimlich, ohne zu fragen, und mich willst du nicht kennen? Du weißt genau Bescheid!"

Mirja machte runde Augen und ließ vor Schreck ihre Büchertüte fallen. Bestürzt blickte sie sich nach allen Seiten um. „Ach so, ja, ihr seid die Mädchen mit dem Monsterhund. Wo ist er?"

Lia wies lässig mit dem Kopf über die Schulter. „Du meinst Fina? Sie kommt gleich um die Ecke!"

Mirja trat vorsichtshalber einen Schritt zurück. Doch dann bemerkte sie die Taschen der Mädchen und atmete erleichtert auf. „Quatsch, ihr kommt aus der Schule. Also, was ... was wollt ihr von mir?"

Lia funkelte sie zornig an, doch Mirja hielt dem Blick mit einem wachsamen Lächeln stand. Eigensinnig, so hatte Lars sie genannt, fiel Lara ein. Mit einem starken Willen und übertriebenem Ehrgeiz, mit dem sie, wie Lars gesagt hatte, nicht umgehen konnte. Wie mochte man sich fühlen, wenn man durch eigene Schuld sein Pferd verlor? Lara hatte, was das Reiten betraf, selbst schon Fehler gemacht. Danach hatte sie sich entsetzlich elend gefühlt; verstrickt in ein Geflecht aus Hilflosigkeit, Zorn auf sich selbst und Reue. Darunter hatte sie sehr gelitten. Ob es Mirja ähnlich erging? War sie deshalb so abweisend, ja fast aggressiv?

„Ich dachte, du könntest dich entschuldigen“, sagte Lia, die durch Mirjas Abwarten irgendwie gereizt wurde. „Oder erkläre uns wenigstens, wieso du ausgerechnet in die Rote Mühle gekommen bist.“

„Wir wissen, dass du kein Pferd mehr hast“, fügte Lara hinzu, sie wollte es Mirja leichter machen.

Aber Mirja verzichtete auf dieses Friedensangebot. „Ach ja? Ihr wisst also schon alles? Warum fragt ihr dann?“, gab sie giftig zurück. Sie hob ihre Büchertüte auf und ging steif davon.

Lara und Lia sahen ihr verblüfft nach.

„Eins muss man ihr lassen“, sagte Lia empört. „Die fühlt überhaupt nichts. Weder für ihr Pferd noch bereut sie das mit Stella.“

Lara nickte. „Mirja hat ein Problem. Aber das lässt sich nicht durch Weglaufen lösen. Es wäre gut, wenn wir mehr über Sternschnuppe wüssten. Immerhin hat sie geweint, als sie bei Stella war. So cool ist sie also doch nicht.“

Sie erreichten gerade noch rechtzeitig die Bushaltestelle und stiegen wie immer an der Landstraße bei der Roten Mühle aus. Fünf Minuten später betraten sie den Hof. Marion Webers Porsche parkte bei den Kastanien. Lara ächzte heimlich. Jakob hatte versprochen, Marion möglichst schonend von Rapunzels Tod zu unterrichten. Offenbar hatte er das getan, sonst wäre sie nicht gleich gekommen. Mit hochgezogenen Schultern stand sie neben Schneewittchen am Putzplatz. Lara konnte sich nicht erinnern, dass Marion jemals eine der Stuten von der Weide geholt hatte. Alles, was zur Pflege nötig war, und auch die Hilfe beim Schmied hatten immer die Mädchen oder Heiner gemacht. Verwundert gingen die Freundinnen zum Anbindeplatz hinüber. Marion sprach unbeirrt in ein Handy hinein und beachtete die Mädchen nicht weiter. Sie sah niedergeschlagen aus. Hatte Rapunzel ihr mehr bedeutet, als sie immer zugegeben hatte?

Kaum war das Gespräch beendet, wandte sie sich Lia und Lara zu. „Er kommt in einer Viertelstunde. Es wäre besser, wenn ihr nicht dabei seid."

Lara und Lia hatten keine Ahnung, wovon Marion sprach. Doch irgendetwas an ihrer Haltung, dazu der entschlossene, harte Zug um den Mund, wirkten alarmierend. Mit einem raschen Blick stellte Lara fest, dass auch Lia irgendeine Gefahr erwartete. Sie hatte die Schultern wie abwehrend hochgezogen.

„Wer kommt und warum?", fragte Lara misstrauisch. „Und wobei sollen wir nicht dabei sein?"

Marion betrachtete Schneewittchen, die brav abwartend vor dem Anbindebalken stand, aus zehn Schritten Entfernung und vermied den Blick zu den Mädchen. „Also gut, ihr werdet es sowieso erfahren. Ich habe den Tierarzt angerufen, diesen jungen Mann. Mit Frau Doktor Heinz müsste ich ewig herumstreiten, aber er wird es machen."

„Was soll er machen?", fragte Lara argwöhnisch. Sie war jetzt total alarmiert.

Marion starrte ihr Pferd an. Erst als Lia nachfragte, erklärte Marion Weber: „Er wird Schneewittchen einschläfern."

Lara hielt den Atem an. War diese Frau verrückt geworden? Schneewittchen trauerte um ihre Freundin, sie vermisste sie, das war klar, aber sie war weder krank noch altersschwach. Das war ja unmöglich! Gleichzeitig begannen die Mädchen auf Marion einzureden, aber die wollte nichts hören.

Abwehrend nahm sie die Hände hoch. „Lasst mich, es hat keinen Sinn. Mein Entschluss steht fest."

„Aber warum?", rief Lara entsetzt. „Ich verstehe das nicht!"

„Es gibt gar keinen Grund dafür!", stieß Lia fassungslos hervor.

Marion schniefte erregt. „Ihr habt es doch immer so mit dem Wohl der Pferde. Schneewittchen hat ihre Gefährtin verloren. Ist das etwa kein Grund? Sie leidet unter der Einsamkeit. Ist euch nicht bekannt, dass Pferde nicht nur körperlich, sondern auch seelisch leiden? Ich bin keine Tierquälerin. Was ich machen will, tue ich für Schneewittchen."

„Rapunzel ist noch keinen Tag tot", sagte Lara eindringlich. „Wir müssen Schneewittchen wenigstens die Chance geben, sich damit abzufinden. Vielleicht kommt sie schneller darüber hinweg, als wir glauben. Sie ist gesund und kann noch viele gute Jahre vor sich haben!"

Doch Marion schüttelte den Kopf und ging mit der gemurmelten Erklärung, sie müsste geschäftliche Unterlagen durchsehen, zu ihrem Wagen.

Lia starrte ihr nach. „Die hat sie doch nicht alle! Wie kann sie jetzt an ihr Geschäft denken?"

„Sie will nur ihre Ruhe vor uns haben", sagte Lara

empört. „Wenn Joscha doch hier wäre! Auf ihn würde sie hören."

Lia war entschlossen. „Du, Lara, das müssen wir ohne ihn schaffen. Zum Glück sind wir nicht allein. Ich hole Angela. Sag du Jakob und Moritz Bescheid!"

Sie rannten los. Lia lief zum Haupthaus, und Lara eilte zur Werkstatt.

Jakob brütete über einer Zeichnung mit kompliziert ineinander verhakten Linien. Er hatte erschrocken aufgesehen, als Lara in den Raum stürmte, dann aber erleichtert genickt.

„Hallo, Lara, du bist es! Ich hatte mit Marion gerechnet. Als ich sie heute Morgen anrief, um ihr von Rapunzel zu erzählen, wollte sie erst gar nicht mit mir reden, und dann hat sie nur geschrien. Sie wollte in Zukunft nichts mehr mit mir und dem ganzen Hof zu tun haben, hat sie gesagt." Er schüttelte verständnislos den Kopf. Von Laras Mutter Charlotte war er harte Auseinandersetzungen gewöhnt. Auch wenn die ewigen Streitereien schließlich zur Trennung geführt hatten, waren Laras Eltern trotz allem immer fair miteinander umgegangen. Marion ließe sich nur von ihren Gefühlen leiten, erklärte Jakob verärgert.

Deshalb also musste Schneewittchen fort; Lara konnte es kaum fassen. Damit sich Marion vom Hof fern halten konnte, sollte die Stute sterben. Aus dem Weg geschafft werden. Was für eine schreckliche Egoistin war diese Marion Weber! Hastig erklärte Lara ihrem Vater, was geschehen sollte.

So zornig hatte sie Jakob noch niemals erlebt. „Diese Kaltschnäuzigkeit und Gemeinheit hätte ich ihr nie zugetraut", rief er. „Sie hat die Frechheit zu behaupten, sie würde im Sinn des Pferdes handeln!"

Lara griff nach dem Telefon und tippte eilig eine Nummer ein. Moritz nahm sofort ab und meldete sich mit „Feinkost-Weiß“. Er saß am Computer, um Bestellungen für das Geschäft aufzugeben.

„Du musst sofort kommen“, rief Lara atemlos und erklärte Moritz, dass Schneewittchen in Gefahr war.

„Sofort!“, rief er und legte auf.

Laras Vater ließ die Pläne liegen und folgte ihr mit langen Schritten zum Anbindeplatz. Lia und Angela, die einen bunt bekleckstcn Malerkittel trug, trafen gleichzeitig ein. Schneewittchen hob den Kopf und blubberte erfreut über die unerwartete Gesellschaft. Marion Weber blickte aus dem Wagen zu ihnen hinüber, stieg aber nicht aus.

„Sie traut sich nicht her“, sagte Jakob grimmig. „Feigling! Auch das noch!“

Angela schenkte ihm einen besänftigenden Blick. „Ich werde mit ihr reden.“

Doch bevor sie den gelben Porsche erreicht hatte, rollte ein Kombi in den Hof, und der bärtige junge Mann vom vergangenen Abend sprang heraus. Mit unsicherem Lächeln ging er auf die beiden Mädchen und den Mann zu, die sich wie schützend vor der Schimmelstute aufgestellt hatten. Jakob bemühte sich um einen freundlichen Ton, als er dem Tierarzt erklärte, dass er umsonst gekommen sei. „Dieses Pferd wird nicht eingeschläfert. Auf keinen Fall.“

Der Tierarzt betrachtete die Stute aufmerksam. „Aber Frau Weber wirkte am Telefon fest entschlossen. Sie könnte das Leid des Tieres nicht länger ertragen, sagte sie mir.“ Unschlüssig sah er Jakob an.

„Sieht Schneewittchen schwer leidend aus?“, rief Lia aufgebracht.

Der junge Tierarzt strich sich über den Bart. „Ist Frau Weber nicht hier?“

Lara zeigte wortlos zum Porsche hinüber. Angela hatte Marion immerhin dazu bewegen können, die Fensterscheibe herabzulassen. Worüber sie sprachen, war nicht zu verstehen, aber es schien hoch herzugehen. Angela hatte die Hände in die Taschen ihres Malerkittels geschoben und sah sich hin und wieder nach den anderen um. Auf ihrer Stirn zeichneten sich steile Falten ab.

Schneewittchen war der Meinung, dass sie genug Geduld bewiesen hatte. Sie sah sich zu den Weiden um und wieherte laut und fordernd. Als Stella antwortete, schickte Schneewittchen einen zweiten kraftvollen Ruf hinterher.

„Das klingt nicht nach einem sterbenskranken Pferd“, sagte Jakob. „Auch nicht nach einem leidenden. Was meinen Sie?“

Der Tierarzt trat unruhig von einem Bein auf das andere. Ganz offensichtlich fühlte er sich unbehaglich. „Na ja, nein. Glauben Sie, mir macht es Spaß, alte Pferde einzuschläfern? Ich würde am liebsten wieder abfahren. Aber die Entscheidung liegt trotzdem bei Frau Weber. Sie ist die Besitzerin des Pferdes.“

„Leider ist sie das“, zischte Lara wütend. Wenn Schneewittchen doch nur ihr gehörte! Dann wäre die Stute in Sicherheit.

Angela kehrte zurück und schüttelte mutlos den Kopf. „Mit ihr ist nicht zu reden. Sie benimmt sich total kindisch. Weil sie sich durch uns tödlich beleidigt fühlt, soll ein Tier dafür zahlen.“

Sie erklärte dem Tierarzt in Andeutungen, was Marions Zorn erregt hatte.

Der Arzt hörte stirnrunzelnd zu. „Ich werde ihr sagen,

dass ich es nicht mache“, verkündete er endlich und ging entschlossen auf den Sportwagen zu. Die anderen folgten ihm auf den Fersen. Im Hof knirschte der Kies, als Moritz durch die Einfahrt geradelt kam. So schnell hatte er die Strecke noch nie geschafft. Atemlos ließ er sein Rad fallen und eilte zu dem Porsche, vor dem sich die anderen versammelt hatten. Dieser geballten Übermacht war Marion Weber nicht gewachsen. Sie setzte mit aufheulendem Motor zurück, wendete mit quietschenden Reifen und fuhr davon, ohne noch ein Wort zu sagen.

Lara und Lia fielen Schneewittchen stürmisch um den Hals. Die Stute nutzte die Gelegenheit, um die Taschen der Mädchen geschickt nach Leckerbissen zu untersuchen.

Angela wandte sich dem Tierarzt zu. „Werden Sie Schneewittchen bestimmt nicht einschläfern?“

„Auf keinen Fall, solange sich ihr Gesundheitszustand nicht verschlechtert und sie tatsächlich stark leidet“, versprach er.

„Dann ist sie gerettet“, rief Lia erleichtert. „Wenn Sie es nicht tun und Sonja auch nicht ...“

„Fühlt euch nicht zu sicher“, warnte der Tierarzt. „Es steht Frau Weber jederzeit frei, einen Pferdemetzger zu rufen. Oder die Stute selbst zum Schlachter zu transportieren.“

„Damit haben Sie leider Recht“, sagte Angela. „Solange Marion sich von dem gemeinen Plan nicht abbringen lässt, müssen wir alle in der Roten Mühle sehr wachsam sein.“

Am Tag darauf wartete Lara ungeduldig auf die Rückkehr von Joscha und Sonja. Vielleicht wussten sie doch noch einen Weg, um Marion zur Vernunft zu bringen.

Als sie am späten Nachmittag endlich eintrafen, stiegen beide gut gelaunt aus dem Wagen. Alle liefen herbei, um sie in Empfang zu nehmen. Jakob ließ sogar seinen Zeichentisch im Stich. Natürlich war Fina als Erste am Auto und stieß ein schauerliches Freudengeheul aus. Joscha klopfte ihr lachend den Rücken, um sie davon abzuhalten, an ihm hochzuspringen und ihn womöglich umzuwerfen. Sonja begrüßte alle mit einem strahlenden Lächeln. Angela hatte ihnen allen verboten, ihnen am Telefon von den traurigen Geschehnissen zu erzählen. Sie hatte den beiden das Ausspannen nicht verderben wollen, doch nun ließ es sich nicht länger verheimlichen. Die ausgelassene Stimmung verflog schlagartig, als Joscha und Sonja von den schlimmen Neuigkeiten erfuhren. Wortlos hörten sie zu, als die Mädchen und Moritz von Rapunzels Tod erzählten. Sie waren sehr traurig, hatten jedoch mit diesem Tod rechnen müssen. Doch Marions Verhalten machte sie wütend.

Auf Joschas Stirn zeigte sich eine steile Falte, ein stummer Beweis seines Zorns. „Ich weiß, wie sehr sie auf ihren Vorteil bedacht ist. Aber so viel Egoismus hätte ich ihr nicht zugetraut. Sie hat vor Jahren die Verantwortung für die Stuten übernommen, und nach Rapunzels Tod ist es ihr plötzlich zu viel. Das werde ich nicht akzeptieren. Wir müssen sie zur Vernunft bringen. Rede du mit ihr, Jakob! Auf dich wird sie hören." Er blickte seinen jüngeren Bruder auffordernd an.

Jakob räusperte sich unschlüssig. „Ich glaube, ich hab's mir mit ihr für alle Zeiten verdorben. Unsere Hoffnungen liegen jetzt bei dir, Joscha."

Aber Joscha hatte keinen Erfolg; so sehr er sich auch bemühte. Marion legte auf, sobald sie am Telefon seine

Stimme hörte, und als er später zu ihrer Wohnung fuhr, machte sie nicht auf. Im Büro ließ sie sich verleugnen. Sonja erging es ebenso, und sogar Heiner Siebert stieß auf taube Ohren. Wie sollte man jemanden überzeugen, der nicht mit sich reden ließ? Schneewittchens Leben durfte einfach nicht von so viel Egoismus und Dummheit abhängen!

Die Schimmelstute ahnte nichts von der Gefahr für ihr Leben, und zum langen Trauern um Rapunzel war sie jetzt zu sehr beschäftigt, seit sie die Weide mit Stella und Sol, Darius und Io teilte. Stella bestand auf ihrem Rang als Herdenchefin, und nachdem sie Schneewittchen eine Runde über die Weide gejagt hatte, war auch die alte Schimmelstute davon überzeugt, dass die kleine Stella die Stärkere war. Io und Darius begrüßten die alte Dame mit freundlichen Mienen, und Sol zeigte sich höchst erfreut über die neue Weidekameradin. Seine spielerischen Angriffe wurden Schneewittchen bald lästig. Sie vertrieb den kleinen Quälgeist mit angelegten Ohren. Mit Verblüffung beobachteten die Mädchen, dass Stella gegen diese Erziehungsmaßnahmen nichts einzuwenden hatte, sondern gelassen zuschaute. Vielleicht gefiel es ihr, wenn ihr Sprössling, der bei Io und Darius Narrenfreiheit besaß, mit der alten Stute eine zweite Erzieherin bekam. Sol tröstete sich bei einer wilden Jagd mit Io. Schneewittchen trottete zu Darius und forderte ihn zum Mähnekraulen auf.

„Wenn die Weber das nur sehen könnte", sagte Lara voller Genugtuung. „Sie müsste zugeben, dass Schneewittchen auch ohne Rapunzel ein gutes Leben haben wird."

Neues von Mirja

Marion Weber ließ sich in den nächsten Tagen in der Roten Mühle weder blicken, noch rief sie an, um nach Schneewittchens Befinden zu fragen. Im Büro hieß es, Frau Weber wäre auf einer Geschäftsreise. Lara war einerseits froh, Marion nicht begegnen zu müssen, andererseits blieb die quälende Frage offen, was mit Schneewittchen nun geschehen sollte. Im Augenblick konnte niemand wissen, ob Marion ihre Absicht geändert hatte. Sie mussten also abwarten und wachsam bleiben.

Schneewittchen war nicht die Einzige, um die sich alle Gedanken der Bewohner der Roten Mühle drehten. Das Rätsel um Mirja und ihr Pferd war nach wie vor ungelöst. Obwohl Lara keineswegs sicher war, ob sie Mirja überhaupt leiden konnte, musste sie oft an sie denken. Sie selbst konnte sich nicht vorstellen, jemals mit dem Reiten aufzuhören, und allein der Gedanke, Jupiter fortgeben zu müssen, war so schrecklich, dass sie ihn sofort wieder weit von sich schob. Mirja aber hatte das erleben müssen. Wie mochte sie, die doch eine gute Reiterin war, damit zurechtkommen? Wer hatte auf dem Verkauf bestanden? Und welche Rolle spielte Stella später bei dem Ganzen?

Um endlich weiterzukommen, entschlossen sich die drei Freunde noch einmal zu einem Besuch im Springstall Eichengrund. Es war später Nachmittag. Wenn sie sich beeilten, konnten sie den Stall zum Ende der üblichen Futterzeit erreichen und Birgit noch antreffen. Vielleicht wäre auch Lars König dort, und sie hörten etwas Neues, wenn sie persönlich mit ihm sprachen. Sie waren schon ein

Stück auf der Landstraße unterwegs, als Lara eine Idee hatte.

„Halt, wartet mal!“, rief sie und griff in die Bremse. „Ich muss zurück! Es geht schnell!“ Sie gab keine weitere Erklärung ab, sondern radelte eilig zum Hauserhaus zurück. Hastig rannte sie in ihr Zimmer. Mit einem Griff hatte sie, was sie suchte, und fuhr schnell zurück.

„Musste das sein?“, fragte Lia ungeduldig. „Bis wir dort sind, hat Birgit vielleicht schon Schluss.“

Es sah so aus, als sollte Lia mit ihrer Befürchtung Recht behalten. Als sie den Springstall erreichten und die Fahrräder vor dem offenen Tor abstellten, waren alle Boxen besetzt. In den Ecken türmten sich Berge duftenden Heus, und die Pferde schleckten das Kraftfutter aus den Trögen. Birgit war nicht zu sehen.

Lara und Lia folgten Moritz an den Außenboxen vorbei, bis plötzlich eine Tür aufgestoßen wurde. Eine große schlanke Frau in Reithosen trat auf die Stallgasse hinaus. Sie schob den Kopf des mächtigen Rappen, der sich vorbeidrängeln wollte, mit geübtem Griff beiseite und wandte sich den jungen Besuchern zu.

„Kann ich euch helfen?“, fragte sie zurückhaltend.

Lara fühlte sich ein wenig unbehaglich unter den prüfenden Blicken der Frau, musste sich selbst aber eingestehen, dass auch sie jeden Fremden, den sie in den Ställen der Roten Mühle antraf, abweisend empfangen würde.

„Wir möchten Birgit sprechen“, sagte Moritz. „Sie ist eine Freundin von uns. Wissen Sie, ob Birgit noch hier ist?“

Seine offene Erklärung schien das Misstrauen der Reiterin zu besänftigen.

„Birgit ist in der Reithalle“, sagte sie nun mit leichtem Lächeln. „Lars gibt dort Unterricht. Ihr dürft gern zuschauen.“ Sie beschrieb ihnen den kürzesten Weg durch den Stalltrakt.

Die Halle lag auf der Rückseite des Innenhofs. Von dem schmalen Gang aus, der sich hinter der Bande entlangzog, konnte man sie gut überblicken. Im Moment befand sich ein einziges Pferd in der Bahn; der kräftige helle Fuchs trug Birgit mit weiten Trabschritten voran.

Am Ende des Gangs saß Lars auf einem Klappstuhl und gab Birgit mit ruhiger Stimme Anweisungen. „Innen!“, rief er laut. „Innen!“ Dann folgte eine ausführlichere Erklärung. „Du musst mit dem inneren Zügel mehr nachgeben, ja, so ist es richtig. Gut so! Aber das innere Bein dabei nicht vergessen.“

Birgit hatte den Fuchs auf den Zirkel gelenkt und ritt voller Konzentration. Lara stützte sich zwischen Moritz und Lia auf die hölzerne Bande und sah gespannt zu. Obwohl sie Birgit seit vielen Jahren kannte, hatte sie die junge Frau nur selten im Sattel gesehen und war überrascht, wie gut sie auf dem Pferd saß. Der Fuchs schnaubte zufrieden und trabte mit gewölbtem Hals locker vorwärts.

„Dort steht kein einziges Hindernis“, flüsterte Lia verwundert. „Dies ist doch ein Springstall!“

„Das ist ganz normal“, erklärte Moritz leise. „Auch Springpferde müssen in der Dressur geritten werden. Sonst bleiben sie nicht sehr lange geschmeidig und durchlässig. Hindernisse stehen nicht jeden Tag auf dem Programm.“

Jetzt hatte Birgit die Besucher entdeckt und lenkte den Fuchs im Schritt an die Bande heran. Die Zügel hatte sie dem Pferd hingegeben, und es streckte den Hals lang nach unten und schnaubte ausgiebig.

„Wenn ihr Lars wegen Mirja fragen wollt“, sagte Birgit

lächelnd, „ist jetzt eine gute Gelegenheit dazu. Ich mache eine Schrittpause, damit der Dicke verschnaufen kann.“ Sie tätschelte dem Pferd liebevoll den Hals und lenkte es mit einem leichten Schenkeldruck wieder auf den Hufschlag.

Lars saß noch immer auf dem Klappstuhl und sah neugierig auf, als sie zu ihm gingen. „Hallo, Moritz! Und ihr müsst Lara und Lia sein, stimmt's?“ Er stand auf. „Birgit hat mir von euch erzählt. Interessiert ihr euch immer noch für Mirja?“

„Es ist nicht, weil wir so neugierig wären“, sagte Lara schnell. „Wir wollen es einfach nur verstehen.“

„Immerhin ist sie heimlich früh morgens auf die Weide gekommen und hat einfach meine Stute geritten“, sagte Lia ruhig.

Lars zog ärgerlich die Augenbrauen zusammen. „Birgit hat mir davon erzählt. Mirja hätte das niemals tun dürfen. Es war nicht nur ungehörig, sondern auch gefährlich. Ehrlich gesagt, verstehe ich ihr Verhalten genauso wenig wie ihr. Sie hat sich unter Tränen geweigert, auch nur für eine Runde unsere bravste Stute zu reiten. Vor dem Unfall hätte sie sich mit verbundenen Augen und rückwärts auf jedes Pferd gesetzt ... und dann reitet sie ein unbekanntes Pony. Noch dazu heimlich.“ Er schüttelte den Kopf.

Lara zog das Foto, wegen dem sie vorhin umgekehrt war, aus der Hosentasche und reichte es Lars ohne eine Erklärung.

„Das ist Sternschnuppe! Woher hast du das Bild?“, rief er überrascht. Doch als er das Foto näher betrachtete, erkannte er seinen Irrtum. „Nein, dieses Pferd hat doch andere Proportionen als Sternschnuppe. Aber sonst gleichen sie sich verblüffend: das hellbraune Fell und die dunklen Beine. Dann die schwarze Mähne, der schwarze Schweif, auch wenn die Haare dichter und länger sind. Auch der Gesichtsausdruck ist ähnlich. Seltsam! Ist dies dein Pony, das Mirja heimlich geritten hat?“ Er sah Lia an.

Als Lia und Lara nickten, hielt Lars das Foto noch einmal ins Licht und betrachtete es.

Lia schüttelte den Kopf. „Das kann nicht sein. Meine Stella ist einmalig. Es gibt keine Doppelgängerin.“

Moritz nickte zufrieden. „Offensichtlich doch, und damit wird mir eine Menge klar. Stella ist eine kleinere Ausgabe von Sternschnuppe.“

Birgit wollte wissen, was los war, und ritt näher heran.

„Gute Idee, Lara, das Foto mitzubringen“, sagte sie, als sie die Neuigkeit gehört hatte. „Sonst hätten wir noch lange herumrätseln können. Ich hatte keine Ahnung, wie Sternschnuppe aussieht, weil ich ihr nie begegnet bin. Mirja muss Stella zufällig einmal gesehen haben, und bestimmt fühlte sie sich magisch von ihr angezogen.“

„Hat sie sich bei euch entschuldigt?“, wollte Lars wissen.

Als Lia den Kopf schüttelte, sagte er, dass er Mirja darum bitten wollte, mit Lia zu sprechen. „Sie ist meine Schülerin ... war meine Schülerin. Korrektes reiterliches Verhalten hört nicht auf, sobald man mit den Füßen wieder auf dem Boden steht. Mirja muss das in Ordnung bringen.“

Das würde Joscha genauso sehen, dachte Lara, und als Moritz ihr zuzwinkerte, wusste sie, dass er das Gleiche gedacht hatte.

„Wann kommst du wieder in meine Springstunde, Moritz?“, fragte Lars zum Abschied. „Du und dein Pony, ihr solltet weitertrainieren. Bente lässt mich im Verein nicht unterrichten, aber du kannst hierher kommen, so oft du willst. Ruf mich in den nächsten Tagen an!“

Wenn Moritz sich auch bemühte, seine Begeisterung nicht zu offen zu zeigen – er konnte ein erfreutes Grinsen kaum verbergen. Die gute Stimmung hielt an, bis sie den halben Weg zur Roten Mühle zurückgelegt hatten und Lia den Vorschlag machte, bei Marion Webers Wohnung vorbeizufahren. Vielleicht war sie von der wahren oder erfundenen Geschäftsreise zurück und ließ endlich mit sich reden.

Die Wohnung lag in einem Mehrfamilienhaus mit einem weitläufigen Garten außen herum und einem Parkplatz zur Straße hin. Marions gelber Porsche war nirgends zu entdecken. Trotzdem stellten sie ihre Räder vor einer Hecke ab und gingen zur Eingangstür. Lia drückte mehrmals auf die Klingel mit dem Namen Weber, doch die Frauenstimme, die sich durch die Sprechanlage meldete, klang nicht nach Marion.

„Ist Frau Weber zu Hause?“, fragte Lia.

„Frau Weber ist verreist.“ Die Frau erklärte, sie wäre die Nachbarin und kümmerte sich um die Wohnung. Wann Marion zurückkommen würde, konnte sie nicht genau sagen. „Morgen oder übermorgen. Es käme auf den Erfolg der Verhandlungen an, sagte sie.“

Lia bedankte sich und wandte sich enttäuscht zu Lara und Moritz: „Na, das war wohl nichts.“

Moritz war trotzdem erleichtert. „Nun wissen wir wenigstens, dass noch etwas Zeit bleibt.“

Aber es gibt uns keine Sicherheit, dachte Lara bedrückt. „Das heißt, wir müssen weiter warten. Ein oder zwei Tage, bis wir endlich mit ihr reden können.“

Die nächsten zwei Tage vergingen ohne besondere Ereignisse. Auch am dritten Tag warteten sie vergeblich auf ein Zeichen von Marion, die nach Auskunft ihrer Sekretärin inzwischen von der Geschäftsreise zurückgekehrt war.

„Vielleicht hat sie den furchtbaren Plan aufgegeben", sagte Lara zu Moritz, als sie am Putzplatz standen.

Über Nacht war Kallisto mitten in das dickste Gestrüpp gestiegen, das am Bachufer wucherte, und nun waren Lara und Moritz schon eine Weile damit beschäftigt, Berge von Kletten aus Kallistos Schweif herauszuklauben. Auch seine Mähne war bedeckt mit den hartnäckig festsitzenden Kletten.

„Glaubst du wirklich, Marion hat ihre Meinung geändert?", fragte Moritz mit ernstem Gesicht.

Lara seufzte. „Ich weiß es nicht." Sie ließ die Haarsträhne fallen, die sie mit gespitzten Fingern gesäubert hatte, überließ Moritz den Schweif und wandte sich der Mähne zu. Durch Kallistos eifrige Bemühung, die anhänglichen Samenkapseln durch Scheuern loszuwerden, hatten sich Kletten und Mähnenhaare zu dichten, festen Knoten verheddert. Dagegen war die Säuberung der Schweifhaare ein Kinderspiel gewesen.

„Ich hole die Schere", knurrte Moritz verdrossen, „und schneide ihm eine Stehmähne."

Lara schrie erschrocken auf. „Nein, Moritz! Bist du verrückt? Das kommt gar nicht in Frage!"

Die langen üppigen Mähnen der Ponys waren ihr ganzer Stolz. Sie würde nicht zulassen, dass auch nur eine Strähne geopfert wurde. So blieb ihnen nicht anderes übrig, als weiterhin geduldig die stachligen Kapseln herauszusuchen. Inzwischen waren auch ihre Sweatshirts und Reithosen mit Kletten übersät. Kallisto fand es wunderbar, dass seine Menschen sich so ausgiebig mit ihm befassten. Er ließ entspannt den Kopf hängen und hielt die Augen halb geschlossen.

„Er döst und lässt uns arbeiten!“, sagte Lara und lachte. „Kallisto ist ein echter Schlaukopf.“

Moritz wandte sich ihr mit einem Lächeln zu, und dabei fiel sein Blick auf die Hündin.

„Nein, Fina, tu es nicht!“, rief er, aber es war zu spät. Mit einem genüsslichen Ächzen hatte Fina sich vor der Scheunenwand niedergelassen – mitten in die zusammengekehrten Kletten, die Lara dort zusammengefegt hatte.

Moritz holte tief Luft; er wollte ärgerlich losschreien, doch dann sagte er nichts. Es wäre ungerecht gewesen, mit Fina zu schimpfen. „Sie würde das gar nicht verstehen. Es ist unsere eigene Schuld. Warum haben wir das Zeug nicht gleich weggebracht!“

Lara, die lachen musste, rief Fina zu sich. Die Hündin rappelte sich schwerfällig auf und kam freundlich wedelnd herangetrottet. Dicht an dicht saßen die Kletten in ihrem struppigen Bauchfell und auch an den Seiten. Zum Glück ließen sie sich leichter abpflücken, als Lara befürchtet hatte. Anders als Kallisto hatte Fina so schnell keine Gelegenheit gehabt, die Kletten durch kräftiges Reiben fester ins Fell einzuarbeiten. Es kitzelte, wenn Lara sie am Bauch zupfte. Fina hob ein Hinterbein an, um sich zu kratzen, und Lara musste das Bein beiseite drücken, wenn sie an alle Kletten herankommen wollte.

Lia kam neugierig näher und lachte, als sie erkannte, was Fina angerichtet hatte. „Jetzt auch noch Fina! Kein Wunder, wenn ihr nicht fertig werdet. Dann muss Ganymed eben noch eine Weile auf seinen Spaziergang warten.“

Moritz hob im Spaß die Hände. „Ich bin unschuldig! Gany sollte sich bei seinem Bruder beschweren." Er nahm die Mähne in Angriff, und Lia nahm hilfsbereit den Besen. Ohne seine Arbeit zu unterbrechen, fragte Moritz, ob Lia nicht das Führen übernehmen wollte.

Lia hielt mitten im Fegen inne und sah Moritz unglücklich an. „Also ist es dir doch lästig!"

„Bestimmt nicht", widersprach Moritz entschieden. „Du weißt, wie gern ich Ganymed mag und wie viel Spaß mir alles mit ihm macht. Aber was ist mit dir? Willst du dich nicht lieber selbst um dein Pony kümmern? Das solltest du!"

„Ich möchte es gern", sagte Lia. „Aber ich traue mich nicht. Wenn ich ihn nicht halten kann ..."

Moritz war zuversichtlich. In den ersten Tagen hätte er aufpassen müssen, aber inzwischen hatte Ganymed verstanden, dass er nichts anderes als Schritt gehen durfte. „Du kannst das genauso gut wie ich, Lia!"

Lias Lächeln blieb skeptisch, aber sie machte sich tatsächlich auf zu dem jungen Patienten, der ihr durch das Fenster der Box erwartungsvoll entgegenblickte. Fina hatte endlich genug von dem Zupfen an ihrem Bauch und flüchtete zu Lia. Wenige Minuten später beobachteten Moritz und Lara überrascht, wie Lia und Ganymed über den Hof marschierten. Nach der ersten Runde schnaubte Ganymed zufrieden, während er mit unternehmungslustig gespitzten Ohren, aber brav am langen Strick voranschritt. Nachdem Lia ihr Pony ganz genau nach der von Sonja vorgegebenen Zeit – inzwischen waren es fünfzehn Minuten – in die Box zurückgeführt hatte, kehrte sie begeistert zu Lara und Moritz zurück.

„Er war total lieb", sagte sie glücklich und fügte mit pfiffigem Lächeln hinzu: „Na, kein Wunder, schließlich ist er Stellas Sohn."

Lara strich eine von Kletten befreite Strähne Mähnenhaar glatt. Sie hatte am Widerrist angefangen und sich inzwischen bis zur Mitte des Halses hinaufgearbeitet. „Wenn du gerade von Stella sprichst ... seht mal, wer da kommt!", rief sie.

Mirja stand, den Lenker ihres Fahrrads unschlüssig hin und her drehend, in der breiten Einfahrt und sah sich um. Als sie die drei Freunde und das Pony bemerkte, schob sie ihr Rad zögernd näher. Die Mädchen blickten ihr wortlos entgegen; Moritz begrüßte sie mit einem gleichmütigen „Hallo." Mirja stellte umständlich ihr Fahrrad ab, kam langsam näher und schaute sich wieder unsicher um.

Lia sah Mirja misstrauisch entgegen. „Wenn du die Riesenhündin suchst", rief sie aggressiv, „die läuft hier irgendwo herum. Sieh dich besser vor!"

Erschrocken zuckte Mirja zusammen.

Lara fand es gut, dass Mirja trotz ihrer Angst gekommen war. „Ich werde Fina holen und am Halsband festhalten", sagte sie beruhigend. „Du wirst sehen, du brauchst dich nicht vor ihr zu fürchten."

Mirja hielt Abstand, als Fina, von Lara gehalten, gutmütig zu ihr aufsah. Hier auf dem Hof wollte Fina das fremde Mädchen ebenso wie jeden anderen Besucher freundlich empfangen.

„Eigentlich mag ich Hunde gern", sagte Mirja. „Aber neulich auf der Wiese ... es war so unerwartet ... und sie ist wirklich riesig."

Lia lachte spöttisch. „Das stimmt. Nur gut, dass du vor fremden Ponys keine Angst zu haben scheinst!"

„Lass doch, Lia!", bat Lara und wandte sich wieder an

Mirja. Sie überzeugte Mirja schließlich, Fina den Rücken zu klopfen und ihr sogar über den Kopf zu streichen.

„Sie hat Kletten im Fell", stellte Mirja sachlich fest. „Eine ganze Menge. Sucht ihr die nicht ab?"

„Kaum zu glauben!", sagte Lia spitz. „Rate mal, was wir hier gerade machen?"

Jetzt erst betrachtete Mirja das Pony genauer, und als sie die Kletten in seinem Haar bemerkte, lächelte sie. Ein Lächeln, das sie sympathisch machte; doch gleich darauf kam wieder der bekannte missmutige Zug in das rundliche Gesicht. Sie starrte auf die Spitzen ihrer Turnschuhe. „Lars hat mich ziemlich in die Zange genommen wegen der kleinen Stute. Wegen Stella. Inzwischen weiß ich selbst, dass es falsch war, was ich getan habe." Sie hob den Kopf und sah Lia an. „Dir gehört Stella, stimmt's? Ich möchte mich bei dir entschuldigen."

Lia gab einen Augenblick lang keine Antwort, dann nickte sie kühl. „Also gut, die Entschuldigung ist okay. Aber es ist wohl klar, dass du so was Blödes nie wieder machst."

Mirja nickte. „Stella erinnert mich an Sternschnuppe. Ihr wisst es ja inzwischen. Meine Stute musste verkauft werden. Ich ..." Sie verstummte.

Endlich fragte sie, ob sie Stella noch einmal sehen dürfte. Diesen Wunsch konnte Lia ihr nun nicht abschlagen.

Die Mädchen ließen Moritz mit Kallisto allein und gingen zur Weide. Lara wollte wissen, auf welche Weise Mirja Stella entdeckt hatte, denn die Wiesen des Reiterhofes waren von der Straße aus nicht einzusehen. Mirja zeigte auf die Häusergruppe, die auf der anderen Seite des Mühlbachs, hinter Wiesen und Feldern, in der Ferne zu erkennen war. Auf dem schmalen Pfad, der an den Wiesen entlang- und über eine Holzbrücke zu dem Dorf hinüberführte, gingen nur gelegentlich ein paar Spaziergänger.

„Seht ihr den Hof dort auf der rechten Seite?“, fragte Mirja. „Da wohne ich seit ein paar Wochen. Meine Eltern haben sogar einen Pferdestall eingerichtet. Sternschnuppe und ein Pony zu ihrer Gesellschaft sollten dort einziehen. Und einen Hund wollten wir auch ... ich lauf nämlich gern spazieren. Dabei hab ich eure Pferde entdeckt. Und weil ich Sternschnuppe so vermisse ...“

„Wo ist Sternschnuppe jetzt?“, fragte Lara sanft, als Mirja nicht weitersprach.

Bei einer jungen Frau, berichtete Mirja leise, die ihr in einem langen Brief geschrieben hatte, wie glücklich sie mit Sternschnuppe war. Und die Stute fühlte sich in dem neuen Zuhause sehr wohl. Sie durfte täglich auf die Weide, ging mehrmals in der Woche ins Gelände und sollte ab und zu auf einem leichteren Turnier starten.

„Warum wurde sie dann überhaupt verkauft, wenn du so an ihr hängst?“, frage Lia.

Aber darauf gab Mirja keine Antwort.

Lara öffnete das Tor und hielt es auf, bis Lia und Mirja auf der Weide waren. Schon stürmte Sol im Galopp heran, und seine große Schwester folgte im Trab. Darius kam wesentlich gemächlicher herangeschlendert. Stella und Schneewittchen waren anderweitig beschäftigt: sie beknabberten sich gegenseitig hingebungsvoll Rücken und Widerrist.

„Jetzt hat Schneewittchen eine neue Freundin gefunden“, sagte Lia. „Es geht ihr so gut hier.“

„Wo ist denn die schwarze Stute?“, fragte Mirja und sah den Pferden aufmerksam bei der Fellpflege zu.

Dass Rapunzel gestorben war, tat ihr sehr Leid. Doch

als sie hörte, was mit Schneewittchen geschehen sollte, konnte sie es kaum glauben. „Spinnt diese Frau total?“

Sie warteten, bis die Stuten ihre gegenseitige Körperpflege beendet und Zeit für einen Besuch hatten. Lara und Lia ließen Mirja vorausgehen.

„Eigentlich“, flüsterte Lia, „ist sie einigermaßen erträglich.“

Was, wie Lara feststellte, nichts anderes heißen sollte, als dass Lia Mirja ganz in Ordnung fand.

Keine Spur von Schneewittchen

Mirja gefiel es sehr in der Roten Mühle, und beinahe jeden Tag kam sie von jetzt ab vorbei. Sie ließ sich von Fina begrüßen, schaute sich neugierig auf dem Hof um und fragte zurückhaltend, ob sie auch Stella sehen dürfte. Trotz allem störte Lia diese Bitte. Warum konnte Mirja keine Ruhe geben?

„Kann sie Stella nicht endlich in Ruhe lassen!“, beschwerte sie sich bei Lara, obwohl sie eigentlich genau verstand, warum die Ponystute für Mirja so wichtig war. Die sanftmütige Stella tröstete Mirja irgendwie über Sternschnuppes Verlust hinweg, und weil Stella nicht ohne ihre Weidekameraden zu haben war und Mirja bei diesen Besuchen mitten in die Gruppe gehen musste, hatte sie auch Vertrauen zu den anderen Pferden bekommen. Inzwischen bewegte sich Mirja ohne Scheu zwischen ihnen. Sie kraulte Schneewittchen hinter den Ohren, klopfte Io zärtlich den Hals und drängte Sol energisch zurück, wenn der Kleine zu aufdringlich war. Nicht einmal der mächtige Darius konnte sie wirklich einschüchtern.

An diesem frühen Sonntagnachmittag war Mirja allerdings noch nicht aufgetaucht. Lara und Lia hatten alle Sättel und Trensen unter die Kastanien getragen und waren emsig dabei, das Leder zu putzen und zu fetten. Eine langwierige Arbeit, die aber von Zeit zu Zeit gemacht werden musste. Im Schatten der dichten Baumkronen war ein guter Platz. Die Tiere waren versorgt, und die Mädchen hatten den ganzen Tag für sich. Angela und Jakob waren zusammen zu einer Kunstausstellung gefahren, Joscha wollte bis zum Abend in einem Privatstall Dressurstunden geben, und Sonja hatte Wochenenddienst. Eine Menge Lederzeug wartete auf Pflege, aber später würde Moritz kommen und ihnen helfen.

Lara nahm Jupiters Trense und begann, die Lederriemen auseinander zu schnallen. „Warte nur, demnächst wird Mirja fragen, ob sie Stella nicht doch wieder reiten darf. Wirst du es ihr erlauben?"

„Niemals!", widersprach Lia entschieden. „Stella ist mein Pony. Ich will nicht, dass ein anderer sie reitet. Warum denn auch?"

„Auch nicht Moritz oder ich?", fragte Lara gekränkt.

So hätte sie es nicht gemeint, erklärte Lia schnell. „Ihr beide dürft sie reiten, ist doch klar. Aber Mirja? Nein, bestimmt nicht."

Lia hat Mirja das Ganze noch immer nicht verziehen, dachte Lara. Laut sagte sie: „Wenn es um Jupiter ginge, würde ich ihr vielleicht das Reiten erlauben. Natürlich nicht heimlich auf der Weide, aber ich würde ihr wahrscheinlich anbieten, mit Jupiter ein paar Reitstunden bei Joscha zu nehmen. Doch, das würde ich tun. So gut, wie sie angeblich reitet, könnte es Jupiter nicht schaden, und Joscha würde sofort einschreiten, wenn sie irgendwie grob werden würde."

Lia war dabei, die Dose mit der Sattelseife aufzuschrauben. Der Deckel klemmte wie immer. Nun hielt sie mitten in ihren Bemühungen inne und betrachtete Lara nachdenklich. „Das würdest du für Mirja tun? Warum denn bloß? Auch wenn sie so weit ganz in Ordnung ist: Was gehen uns ihre Probleme an? Ihre Eltern könnten ihr doch leicht ein neues Pferd kaufen."

Eine hartnäckige Schnalle machte Lara zu schaffen. Sie zog verbissen daran, bevor sie antwortete. „Sie tut mir eben Leid. Ich weiß auch nicht, warum. In dem Dorf, in dem sie neuerdings wohnt, hat sie keine Freundin. Und dann die Sache mit Sternschnuppe. Ihre Eltern haben das wohl einfach gegen ihren Willen gemacht. Das Pferd verkauft, meine ich."

„Es war ihre eigene Schuld!", sagte Lia frostig. „Die tickt doch irgendwie nicht richtig. Nein, mein Pferd gebe ich ihr nicht, das kannst du glauben."

Lara nickte. „Ich verstehe dich ja."

Lia hatte den Deckel endlich herunterbekommen und tauchte ein angefeuchtetes Schwämmchen in die Sattelseife, um die Lederriemen damit abzureiben. Etwas milder gestimmt, sagte sie: „Na ja, eigentlich tut sie mir ja auch Leid. Aber nicht so sehr, dass sie Stella kriegt. Glaubst du, sie möchte Sternschnuppe zurückhaben?"

Lara nickte. „Ganz bestimmt. Aber vorher müsste sie ausprobieren, ob sie wirklich ihre Angst vor dem Reiten überwunden hat. Wenn das so ist, könnten die Eltern Sternschnuppe vielleicht zurückkaufen. Ich weiß aber gar nicht, ob das gut wäre ..."

Lia wies missmutig zur Einfahrt hinüber. „Wenn man vom Teufel spricht ... Da kommt sie schon wieder."

Mirja kam schnell herangeradelt. Ihr Gesicht glühte.

„Habt ihr etwas zu trinken?“, fragte sie atemlos.

„Warum hast du es so eilig?“, fragte Lara verwundert.

Weil sie nicht mehr ritt, wollte sie einen anderen Sport machen, erklärte Mirja. Sonst würde sie noch dicker werden. „Und wenn ich irgendwann wieder reiten will, bin ich vielleicht zu fett dafür“, sagte sie ehrlich.

Sie war stämmig, aber nicht richtig dick, fand Lara. „Joscha sagt immer, gutes Reiten hat wenig damit zu tun, ob man dick oder dünn ist. Schlank sein ist natürlich besser, klar. Schon damit das Pferd nicht dein ganzes Fett mitschleppen muss.“

Im Kühlschrank der Futterkammer gab es Sprudel und Saft, erklärte Lara und bat Mirja, gleich ein paar Flaschen mitzubringen.

Mirja lehnte ihr Rad an die Kastanie und verschwand im Stall. Als sie mit mehreren Flaschen zurückkam, war auch Moritz inzwischen eingetroffen.

„Habt ihr etwas von Marion gehört?“, fragte er sofort.

„Nicht ein Wort“, gab Lara zurück. „Obwohl Joscha immer wieder versucht, sie anzurufen.“

„Dann steht noch nicht fest, was mit Schneewittchen geschehen soll?“, fragte Mirja betroffen.

„Es macht mich ganz krank“, sagte Lia bedrückt.

Moritz nahm sich einen Sattel vor, und Mirja bot ihnen an, die eingeölten Trensen wieder zusammenzusetzen. Darin habe sie Übung, erklärte sie. Ihre Eltern wären zu Verwandten gefahren, und sie hätte keine Lust, allein zu Hause zu sitzen. Ob sie eine Weile bleiben dürfte? Lara und Moritz hatten nichts dagegen, und Lia blieb nichts anderes übrig, als Mirja zu dulden. Inzwischen hatte sich auch Fina eingefunden und suchte sich hinter der Bank einen schattigen Platz. Wenn sie alle zusammen waren, tauchte meistens auch Kater Cat auf. Jetzt ließ er sich mitten zwischen den Sätteln auf einem sauberen, weichen Putzlappen nieder.

Sie waren so mit ihrer Arbeit beschäftigt, dass sie alles erst bemerkten, als Fina mit einem Bellen aufsprang. Der Pferdetransporter stand, angekuppelt an einen schweren Geländewagen, schon mitten auf dem Hof. Daneben parkte der gelbe Porsche. Marion stieg aus. Mit entschlossener Miene überquerte sie den Hof und ging auf die Mühlenwiesen zu. Der Fahrer des Geländewagens, ein stämmiger älterer Mann, und eine schlanke grauhaarige Frau folgten Marion eilig. Die Frau trug ein Halfter mit Strick in der Hand. Die drei Freunde unter den Kastanien begriffen sofort. Sie sprangen auf, rannten los und schnitten Marion den Weg ab, bevor sie das Hofgelände verlassen hatte. In der Eile bemerkte niemand, dass Mirja an ihnen vorbei in einem Bogen zur Weide hinuntergerannt war.

„Wenn Sie Schneewittchen abholen wollen", sagte Moritz mit fester Stimme, „kriegen Sie Schwierigkeiten. Das wird hier niemand erlauben."

„Ihr habt gar nichts zu erlauben!", sagte Marion kühl. „Die Stute gehört mir, und ich kann sie bringen, wohin ich will."

Sie wollte weitergehen, doch Moritz trat einen energischen Schritt vor und stellte sich ihr in den Weg. Lara und Lia blieben dicht neben ihm stehen.

Marion blieb ebenfalls stehen und sah genervt zum Himmel. „Ihr müsst euch hier nicht als Helden aufspielen! Schneewittchen wird nichts geschehen."

Lara glaubte ihr kein Wort. „Schneewittchen wird bei uns bleiben! Warum eigentlich nicht? Hier ist ihr Stall."

Der breitschultrige Mann, er war einen Kopf größer als

Marion Weber, zuckte mit den Mundwinkeln. „Was ist nun?“, fragte er ungeduldig. „Nehmen wir die Stute mit oder nicht?“

Seine Begleiterin wirkte irritiert. Schwierigkeiten beim Abholen hatten beide offenbar nicht erwartet.

Marion verlor die Geduld. „Natürlich nehmen wir die Stute mit. Ist doch abgemacht. Kommen Sie, wir werden Schneewittchen jetzt holen!“

Sie ging an Moritz und den beiden Mädchen vorbei, die sich nicht von der Stelle gerührt hatten. Nach wenigen Schritten blieb Marion Weber unschlüssig stehen, weil ihre Begleiter nicht mitkamen.

„Warten Sie!“, rief der Mann rau. „Ich will keinen Ärger. Ist nicht alles geklärt?“

„Wir wollen zuerst den Besitzer dieses Stalles sprechen“, fügte die Frau entschlossen hinzu. „Es soll alles seine Ordnung haben.“

Unter den misstrauischen Blicken der jungen Leute warteten sie darauf, dass Marion, die ungeduldig auf den Zehenspitzen wippte, zu ihnen zurückkehrte. Unter anderen Umständen hätte Lara die beiden Leute ganz nett gefunden. Beide schienen Tiere zu mögen. Sie waren jedenfalls nicht vor Fina zurückgewichen, sondern hatten die riesige Hündin ruhig und mit bewundernden Blicken betrachtet.

„Ihr braucht euch keine Sorgen zu machen“, sagte die Frau beruhigend. „Wir haben einen Pensionsstall für alte Pferde. Schneewittchen wird es gut bei uns haben.“

„Sie soll also nicht getötet werden?“, fragte Lia überrascht.

Die Frau schien erschrocken. „Nein, nein! Wie kommt ihr denn darauf? Frau Weber hat uns erzählt, das Pferd würde hier, nun ja ... nicht so gut betreut, und sie wollte es besser unterbringen."

Lara hätte am liebsten etwas richtig Unverschämtes gesagt, aber dann riss sie sich zusammen. Die beiden Leute konnten ja nichts dafür, wenn Marion Weber so schamlos log. Nicht gut betreut! Eine Unverschämtheit war das!

Marion war jetzt offenbar zu einer Entscheidung gekommen. Mit energischen Schritten stapfte sie zurück. Sie sah den Mann erbost an. „Wenn Sie sich weigern, die Stute mitzunehmen, werde ich den Pferdeschlachter anrufen", rief sie. „Ich habe ein für alle Mal genug von der Geschichte."

Lara wartete die Antwort nicht ab. Sie brauchten jetzt dringend Hilfe! So schnell sie konnte, rannte sie zum Hauserhaus und schnappte sich das Handy. Zum Glück meldete Joscha sich gleich.

„Bitte komm sofort her!", schrie sie außer Atem. „Es brennt!"

„Ich bin mitten im Unterricht", protestierte Joscha. Doch nach Laras hastiger Erklärung war er auf der Stelle bereit, seine Schüler allein zu lassen. „In zwanzig Minuten bin ich da! Keine Angst, so schnell kriegt Marion keinen Schlachter heran. Wenn sie gehen will, versuch sie aufzuhalten. Ich bin gleich da!"

Lara wurde ein wenig ruhiger. Trotzdem lief sie, so schnell sie konnte, zurück. Die anderen standen noch immer bei der Weide. Plötzlich bemerkte Lara, dass Mirja nicht dabei war, aber sie machte sich keine Gedanken darüber.

Die fremde Frau nickte erleichtert, als sie hörte, dass Joscha Hauser, der bekannte Reitlehrer, unterwegs war. Frau Weber hatte mit keinem Wort erwähnt, wer ihre Stute versorgte, erklärte sie. Joscha Hauser kannte sie zwar nicht persönlich, aber jeder Pferdemensch kannte ihn schließlich. Sie wandte sich an Marion. „Wenn Herr Hauser bestätigt, dass die Stute Ihnen gehört, nehmen wir Schneewittchen mit. Halten Sie uns bitte nicht für kleinlich, Frau Weber, aber wir wollen nichts Unrechtes tun. Die Situation hier scheint nicht klar zu sein. Und außerdem, ich kann mir gar nicht vorstellen, dass ein Mann wie Joscha Hauser Pferde vernachlässigt. Das scheint mir undenkbar."

Marion warf ihr einen wütenden Blick zu, sagte aber nichts. Mit verbissenem Gesicht starrte sie zur Werkstatt hinüber. „Fragen Sie seinen Bruder, Jakob Hauser", zischte sie. „Wahrscheinlich kann er Ihnen mehr erzählen."

In diesem Augenblick rollte Joschas Geländewagen mit brummendem Motor auf den Hof. Joscha sprang heraus, klopfte Fina flüchtig den Rücken und kam mit langen Schritten näher. Er nickte in die Runde und stellte sich dem fremden Mann und der Frau vor, die froh zu sein schienen, dass die peinliche Situation beendet wurde.

„Gut, dass Sie kommen!", sagte die grauhaarige Frau erleichtert und wies auf ihren Begleiter. „Mein Mann. Ich bin Irmgard Schnell. Wir führen einen Gnadenhof für Pferde. Im Grunde haben wir gar keinen Platz frei, aber Frau Weber hatte uns so inständig gebeten, ihre alte Stute in Pension zu nehmen, dass wir uns bereit erklärten, das Pferd zu holen. Doch die jungen Leute sind damit nicht einverstanden, das änderte natürlich die ganze Situation." Sie schaute Joscha abwartend an.

Joscha räusperte sich. „Sie sollten wissen, dass wir uns in der letzten Zeit große Sorgen um Schneewittchens Zukunft gemacht haben. Wir alle hier haben die Stute sehr gern. Uns wäre es am liebsten, wenn Schneewittchen für immer in der Roten Mühle bleiben dürfte."

Nach dieser knappen Erklärung für das Ehepaar Schnell wandte er sich an Marion. „Seit Tagen versuche ich, Sie zu erreichen!", stieß er hervor.

„Um mir Vorwürfe zu machen?", fragte Marion schroff.

Lara sah Joscha an, wie gereizt er war. Doch er zwang sich zur Ruhe, als er bedächtig erklärte: „Ich möchte die Situation endlich klären. Sie wollen Schneewittchen los sein, wir möchten sie haben. Wäre es nicht das Einfachste, wenn Sie uns die Stute überlassen?"

„Das könnte euch allen so passen!", fauchte Marion. „Über das Schicksal meines Pferdes entscheide ich. Und jetzt möchte ich, dass die Stute verladen und fortgebracht wird. Kommen Sie!"

Mit energischem Winken, das an das Ehepaar gerichtet war, stapfte sie los. Irmgard Schnell warf Joscha einen verständnislosen Blick zu, ging Marion aber langsam nach. Der Mann folgte ihr nach kurzem Zögern.

„Wie können wir nur verhindern, dass sie Schneewittchen mitnehmen?", fragte Lara verzweifelt.

„Dagegen können wir jetzt nichts machen", sagte Joscha wütend, aber beherrscht. „Selbstverständlich hat Marion das Recht, ihr Pferd unterzubringen, wo sie will. Zum Glück will sie Schneewittchen jetzt ja am Leben lassen, und diese Leute machen einen vernünftigen Eindruck."

„Glaubst du, Schneewittchen wird es gut bei ihnen haben?", fragte Lia und biss sich auf die Lippen.

„Ich hoffe es sehr", sagte Joscha. „Aber viel lieber würde ich sie bei uns behalten, das weißt du."

Moritz war sehr blass geworden. „Die Rote Mühle ist

Schneewittchens Zuhause!“, rief er aufgebracht. „Warum lässt Marion sie nicht einfach hier?“

Lia stieß hervor: „Die Weber ist immer noch beleidigt, weil Jakob lieber mit meiner Mutter ausgegangen ist. Nur darum geht es doch!“

„Und Schneewittchen muss das ausbaden“, sagte Moritz erbittert.

Lara beobachtete mutlos die Hofecke, in der Marion und das Ehepaar Schnell jeden Augenblick erscheinen mussten – mit Schneewittchen am Halfter –, und beschloss, sofort ins Haus zu laufen. Sie konnte nicht zusehen, wie die Stute auf den Transporter geführt wurde. Und dass niemand daran etwas ändern konnte.

Marion kehrte zurück, dicht gefolgt von den Schnells. Aber wo war Schneewittchen? Hatte sie sich nicht einfangen lassen? Das konnte sich Lara bei der geduldigen Stute nicht vorstellen. Marion kam hastig näher und verlangte mit schriller Stimme, dass man ihr das Pferd herausgebe. Wütend schrie sie Joscha an. „Wohin haben Sie Schneewittchen gebracht?“

Joscha war für einen Augenblick sprachlos. „Ist sie nicht auf der Weide?“, fragte er dann verblüfft.

Marion ließ ihn wortlos stehen und ging zum Stall. Als sie auch dort keine Spur von Schneewittchen entdeckte, nahm sie die Mädchen und Moritz aufs Korn und beschuldigte sie, die Stute entführt zu haben. Obwohl alle drei heftig bestritten, irgendetwas mit Schneewittchens Verschwinden zu tun zu haben, wurde sogar Joscha misstrauisch.

„Habt ihr sie versteckt?“, fragte er ungläubig.

„Bestimmt nicht“, rief Lara. „Warum auch? Wir wussten gar nicht, dass Schneewittchen abgeholt werden sollte.“

„Statt hier herumzustehen, sollten wir sie lieber suchen“, erklärte Moritz jetzt. „Es könnte ihr etwas passiert sein.“

Fina lief hechelnd voraus, als sie alle zusammen zur Weide gingen. Ein kurzer Blick über die Pferdeherde machte allen klar, dass keine Schimmelstute auf der Weide stand. Der mächtige Darius weidete Kopf an Kopf mit der zierlichen Io. Stella stand dösend in der Nähe und hielt Wache bei ihrem Fohlen Sol, der in ihrem Schatten schlief. Auf der Wiese nebenan grasten Jupiter und sein Sohn. Kallisto trottete Moritz nach, der unten am Ufer nach Schneewittchen Ausschau hielt. Die Mädchen und Joscha suchten auf den anderen Weideabschnitten das Gestrüpp am Ufer ab. Aber Schneewittchen war wie vom Erdboden verschluckt.

Wenigstens hatte sich Joscha inzwischen überzeugen lassen, dass Lara, Lia und Moritz nichts mit dem Verschwinden der Stute zu tun hatten. Marion stand neben ihren Begleitern am Weidetor und beobachtete die Suche ungeduldig.

Schließlich rief Joscha die Mädchen und Moritz zu sich. „Ich begreife es nicht“, sagte er verwirrt. „Wenn sie nicht fortgelaufen ist, muss sie irgendjemand gestohlen haben. Aber wer außer uns und Marion hat überhaupt ein Interesse an einem alten Pferd?“

„Was ist mit Heiner?“, fragte Moritz. „Er war so traurig, als Rapunzel starb. Vielleicht wollte er Schneewittchen vor Marion beschützen?“

Joscha nickte unschlüssig. „Wäre möglich“, sagte er. Er zog sein Handy aus der Tasche. Heiner wäre am liebsten jeden Tag in der Roten Mühle, aber seine Frau war dafür, dass ihr Mann sich wenigstens sonntags ausruhte und zu

Hause blieb. Heiner war am Telefon und fragte hoffnungsvoll, ob seine Hilfe gebraucht würde. Er wollte unbedingt dabei sein, wenn etwas Dringendes in der Roten Mühle zu tun wäre, erklärte er schnell.

„Nein, nein“, sagte Joscha. „Bleib nur zu Hause. Ich wollte nur etwas wissen!“ Er stellte seine Frage nach Schneewittchens Verschwinden so taktvoll, dass Heiner sich nicht gekränkt fühlen konnte, wenn der Verdacht unbegründet war. Und sie hatten tatsächlich den Falschen verdächtigt.

„Heiner hat keine Ahnung, wo Schneewittchen ist“, erklärte Joscha, nachdem er das Gespräch beendet hatte. Trotz der Sorgen um die Stute erlaubte er sich ein beifälliges Lachen. „Heiner hilft uns suchen. Er wird gleich hier sein.“

Beunruhigt kehrten sie zum Hof zurück. Die Eheleute Schnell verabschiedeten sich; sie hätten schließlich fünfzehn Pferde zu versorgen und nicht den ganzen Tag Zeit, sagten sie. Man sollte ihnen Bescheid geben, wenn das Pferd wieder aufgetaucht wäre. Marion Weber hatte vergeblich versucht sie aufzuhalten. Sie sah ihnen mit verkrampftem Gesicht nach, als sie vom Hof fuhren, und wandte sich dann Joscha zu. Zornig machte sie ihm Vorwürfe. „Jetzt könnt ihr Schneewittchen wieder holen. Von wegen verschwunden! Ich glaube euch kein Wort!“, stieß sie hervor.

Joscha lächelte nachsichtig. „Glauben Sie, was Sie wollen, Marion. Es ist mir egal. Viel mehr interessiert mich, wo Schneewittchen tatsächlich geblieben ist. Wir müssen sie unbedingt finden.“

„Was dieses Pferd mich Nerven kostet!“ Marions Stimme war gereizt. „Ich bin mit meiner Geduld am Ende.

Wenn ihr wollt, könnt ihr Schneewittchen haben. Ich lasse sie in der Roten Mühle! Mir reicht es jetzt."

Laras Herz begann heftig zu klopfen. „Ist das wirklich ernst gemeint?", fragte sie aufgeregt.

„Ihr kriegt es schriftlich", erklärte Marion. Sie sah plötzlich müde aus. „Morgen werde ich euch eine entsprechende Erklärung zuschicken. Danach will ich nichts mehr mit dem Pferd und der Roten Mühle zu tun haben."

Sie lächelte nicht, als sich alle einmütig bei ihr bedankten, und stieg steif in ihren Porsche. Lara schaute dem Wagen nach, bis er vom Hof gefahren war. Hoffentlich hielt sich Marion an ihre Zusage, dachte Lara. Bei ihr wusste man nie, woran man war. Aber jetzt mussten sie Schneewittchen finden!

„Seht euch bitte noch einmal auf allen Weiden um", bat Joscha. „Möglicherweise haben wir etwas übersehen."

Er wollte die Straßen in der Umgebung mit dem Auto abfahren. Vielleicht lief Schneewittchen irgendwo durch die Felder. Fina trottete ihm bis zum Wagen nach und lief dann zurück zu den Kastanien. Während Lara fieberhaft überlegte, was mit Schneewittchen geschehen sein konnte, verfolgte sie mit den Blicken die Hündin, die sich zwischen dem Sattelzeug einen schattigen Platz suchte. Dabei fiel Lara etwas auf. „Mirja hat ihr Fahrrad vergessen", sagte sie erstaunt.

Auch Lia sah es. „Mirja ist doch sonst so pingelig mit ihrem teuren Rad. Und noch etwas: Findet ihr es nicht komisch, dass sie ausgerechnet in dem Augenblick verschwand, als es hier spannend wurde ..." Mitten im Satz brach sie ab und starrte die anderen fassungslos an.

„He, jetzt ist alles klar!", rief Moritz. „Mirja war's! Sie hat Schneewittchen in Sicherheit bringen wollen."

„Aber das hätten wir merken müssen", sagte Lara unsicher.

Lia überlegte. „Wenn sie hinten durch die Wiesen gelaufen ist, hätten wir sie nicht gesehen."

Sie hielten sich nicht länger mit Mutmaßungen auf, sondern liefen zurück zur Weide. Stella sah ihren Menschenfreunden verwundert nach, als die zum unteren Ende der Weide rannten, ohne sich wie sonst immer zuerst um die Pferde zu kümmern.

„Seht ihr das!", rief Lia und zeigte auf das hölzerne Weidetor. Es wurde nur selten geöffnet. Nun war das hohe Gras dahinter flach getreten.

„Jemand hat das Tor vor kurzem aufgemacht", stellte Lara fest.

Und der Eindringling hatte das Tor sorgfältig wieder geschlossen, damit die anderen Pferde nicht ausbrechen konnten. Es musste also jemand gewesen sein, dem die Sicherheit der Tiere nicht gleichgültig war.

Die Freunde kletterten nacheinander über das Tor und liefen eilig auf das Nachbardorf zu, in dem Mirja seit kurzer Zeit wohnte. Den alten Bauernhof hatte das Lehrerehepaar schon vor Jahren gekauft, doch der Ausbau war langwierig gewesen. Von der Roten Mühle war noch niemand dort gewesen. Mirja hatte von einem türkisfarbenen Dielentor erzählt, erinnerte sich Lara, und von zwei gekreuzten hölzernen Pferdeköpfen über dem Giebel.

Kurz vor der Fußgängerbrücke entdeckte Moritz einen Hinweis. „Hier sind Hufspuren", sagte er und deutete auf den Rand des schmalen Fußwegs. Im aufgeweichten Erdboden war deutlich der Abdruck unbeschlagener Hufe zu erkennen. „Die Größe könnte zu Schneewittchen passen!"

Zuversichtlich liefen sie weiter. Lara war nun ziemlich

sicher, dass die Stute bei Mirja war, und sie dachte darüber nach, was sie von Mirjas eigenmächtigem Handeln halten sollte. Ganz sicher war es nicht in Ordnung, ein fremdes Pferd zu entführen. Andererseits hatte Mirja damit Schneewittchens Abtransport verhindern können. Und das hatte sie gewollt. Sie wusste von Marions Drohungen und hatte, wie alle anderen, das Schlimmste befürchtet. Mit einem Schaudern machte Lara sich bewusst, dass es statt des netten Ehepaars auch der Pferdemetzger hätte sein können, der Schneewittchen mitgenommen hätte. Nein, sie konnte Mirja nicht böse sein. Ganz bestimmt nicht. Dieses Mal hatte sie das Richtige gemacht.

Endlich kamen sie bei den ersten Häusern an. Lara kannte sich im Dorf nur flüchtig aus. Der Hof musste rechts von ihnen am Ortsrand liegen. Atemlos rannten sie auf der Hauptstraße weiter, bis sie am Ende des Dorfes zu einem Fachwerkhaus kamen. Das türkis gestrichene Dielentor leuchtete durch die Hecke an der Straße, und oben auf dem Giebel entdeckte Lara die hölzernen Pferdeköpfe.

Sie blieben in der Einfahrt stehen und sahen sich aufmerksam um. Der Hof wirkte verlassen und sah noch immer ein wenig wie eine Baustelle aus. Vor der Hauswand stand ein Betonmischer, an einer Seite türmten sich Ziegel, Holzbalken, Dämmplatten und anderes Baumaterial. Doch die Balken und Mauerflächen des Wohnhauses waren bereits neu in Schwarz und Weiß gestrichen, und auch der flache Stallanbau war frisch schneeweiß gekalkt.

„Lasst uns dort drinnen nachsehen!“, schlug Moritz vor.

Langsam drückte Lia die Stalltür auf, und Lara und Moritz folgten ihr auf Zehenspitzen in einen hellen, sonnigen Raum. Hier roch es nach frischer Farbe und würzigem

Heu. Im hinteren Teil befanden sich zwei große Boxen, und über eine der niedrigen Türen hinweg sah Schneewittchen sie an. Zur Begrüßung brummelte sie leise. Mirja, die ihnen den Rücken zugewandt hatte, fuhr erschrocken herum. Ihr Gesicht war feuerrot geworden.

„Ich wollte euch anrufen“, stieß sie hastig hervor. „Aber Schneewittchen hat sich jedes Mal furchtbar aufgeregt, wenn ich aus dem Stall gehen wollte.“

Lara nickte. „Ist doch klar! Gut, Mirja, dass du bei ihr geblieben bist. Sie hat Angst, allein in einem fremden Stall.“

Jetzt, in der Gesellschaft ihrer vertrauten Menschen, sah die Stute ganz zufrieden aus. Mit ihrer weichen Nase stupste sie Mirja an der Schulter an und forderte sie nachdrücklich zum Kraulen auf. Mirja machte es sofort. Mit einem Blick auf Schneewittchen sagte sie leise: „Ich hab schon wieder alles falsch gemacht. Bin einfach losgelaufen, ohne zu überlegen. Ohne vorher mit euch zu reden. Aber als ich den Hänger sah ... ich musste daran denken, wie Sternschnuppe abgeholt wurde ... noch einmal wollte ich das nicht zulassen.“ Sie sah die anderen drei unsicher an.

„Es wird nicht dazu kommen, Schneewittchen ist außer Gefahr“, erklärte Lara. „Sie darf jetzt für immer in der Roten Mühle bleiben.“ Hoffentlich jedenfalls, dachte sie bei sich.

Auch Lia lächelte, sie wies mit einer Bewegung in den Raum hinein. „Ein schöner Stall! Ihr hattet alles für dein Pferd vorbereitet, nicht?“

Mirja nickte traurig. „Für Sternschnuppe und für Paulchen. Das ist ein liebes altes Pony von Freunden. Er darf nicht mehr geritten werden und sollte Sternschnuppe

Gesellschaft leisten. Jetzt bleibt der Stall leer ..." Sie schluckte.

Es ist hart für Mirja, dachte Lara mitfühlend.

Moritz empfand das genauso. „Gibt es gar keine Möglichkeit, dass du Sternschnuppe wiederkriegst?"

„Ganz ausgeschlossen ist es nicht", sagte Mirja zögernd. „Meine Eltern haben mit der neuen Besitzerin eine Frist vereinbart, in der wir Sternschnuppe zurückkaufen könnten. Die Zeit ist noch nicht abgelaufen. Aber solange ich nicht weiß, ob ich mich traue, Sternschnuppe wieder zu reiten, hätte es keinen Sinn, sie zurückzuholen. Ich weiß ja nicht ...", ihre Stimme zitterte.

Lia sah sie nachdenklich an. „Du könntest es doch probieren."

„Sternschnuppe reiten?" Mirja lachte bitter. „Mir zittern die Knie, wenn ich daran denke. Früher hatte ich niemals Angst, aber der Unfall hat alles verändert. Ich habe mich verändert."

Lia ließ nicht locker. „Und wenn du mit einem anderen Pferd anfangen könntest?"

Mirja sah sie ausweichend an. „Stella wäre die Einzige ..."

Lia hatte das erwartet. „Also gut, meinetwegen kannst du sie mal reiten. Aber nur unter der Bedingung, dass du mit Stella in Joschas Reitstunde gehst. Und dass ich dabei bin. Ist das okay?"

„Na klar!", stieß Mirja heiser hervor. „Das ist für mich die einzige Möglichkeit, wieder mit dem Reiten anzufangen. Außerdem hab ich mir früher immer gewünscht, von Joscha Hauser unterrichtet zu werden." Dann verschloss sich ihr Gesicht wieder. „Ich finde das total großzügig von dir, Lia", sagte sie leise. „Nach allem, was ich gemacht habe. Aber ob es mir wirklich helfen wird? Wenn ich mit Stella zurechtkomme, bedeutet das noch nicht, dass ich meine Angst vor Sternschnuppe verliere."

„Aber du musst es wenigstens versuchen", sagte Moritz ernst. „Sonst lässt dir das keine Ruhe mehr."

„Wenn du Sternschnuppe wirklich wiederhaben willst", fügte Lara hinzu, „dann wirst du es schaffen. Außerdem: Wir lassen dich nicht allein, wenn du mit Sternschnuppe Hilfe brauchst."

Mirja sah sie mit einem vorsichtigen Lächeln an. Dann wandte sie sich an Moritz. „Damals in der Halle, als du mit Kallisto gesprungen bist, da hab ich dich bewundert. Ich wünschte, ich könnte irgendwann so ruhig und sicher im Sattel sitzen wie du. Es war mies von mir und gemein, was ich auf der Tribüne gesagt habe. Darf ich dich trotzdem um etwas bitten?"

Moritz nickte.

„Mal angenommen, ich bekomme Sternschnuppe wirklich zurück. Würdest du sie im Springtraining reiten, bis ich mich wieder sicher fühle?"

Moritz war überrascht. „Ob ich Sternschnuppe reiten will? Aber gern! Wie Lars erzählt hat, ist sie ein sehr gutes Pferd. Und Kalle wird es mir bestimmt nicht übel nehmen. Auf Sternschnuppe kann ich vielleicht dazulernen."

„Siehst du, Mirja", sagte Lara und lächelte. „Es kommt alles in Ordnung. Das meiste jedenfalls."

Mirja sah von einem zum anderen. Dann verschwamm ihr Blick. „Ich hätte nie gedacht, dass ich einmal Freunde wie euch finden würde ..."

Lara griff schnell nach dem Halfter, bevor ihr vor Rührung auch noch die Tränen kamen. „Es wird höchste Zeit, Schneewittchen nach Hause zu bringen. Joscha und Heiner machen sich bestimmt schon große Sorgen."

Mirja ging mit, um ihr Fahrrad zu holen, und so machten sie sich zu viert gemeinsam mit Schneewittchen auf den Heimweg. Zwischen Lia und Mirja stapfte Schneewittchen voran. Bald tauchten hinter den Silberweiden am Mühlbach die steilen Dächer der Roten Mühle auf. Schneewittchen hob den Kopf, sie wieherte laut und sehnsüchtig. Als Stella antwortete, beschleunigte sie ihre Schritte. Sie hatte es eilig, zu ihrer neuen Freundin und der Herde zu kommen.

Moritz und Lara ließen sich Zeit. Da der Pfad immer schmaler wurde, gingen sie enger nebeneinander und fassten sich an den Händen. Kühler Abendwind strich ihnen entgegen, unten am Mühlbach quakten ein paar Frösche. Moritz legte den Arm um Lara. Er schwieg, und Lara war sicher, dass er dieses besondere Gefühl ebenso deutlich spürte wie sie. Das Gefühl, in der Roten Mühle zu Hause zu sein, in der vertrauten Gemeinschaft mit ihren Bewohnern und ihren Tieren. Und das Gefühl, zusammenzugehören.